五百津(いおつ)刺繡工房の日常

著　溝口智子

マイナビ出版

Contents

第一章

一番初めの記憶は母の背中。少し前かがみになり刺繡(ししゅう)台に向かっている。私はその背中を、襖の陰からじっと見つめていた。母が家を出ていき、もう顔も忘れそうなのに、その背中だけは忘れることがない。まるで原風景のように、今も目の奥にある。

受話器を置いて、ため息を一つ。亮子(りょうこ)は、自分の年齢の三倍も働き続けているダイヤル式の古い電話を軽く睨んだ。

「たまには良い話を聞かせてよ」

小さなぼやきは、気が重い内容の話を運んできた電話に対する八つ当たりだ。いくらぼやいても、電話はリンともチンとも言いはしない。一人でなにをやってるんだろうと馬鹿らしくなり、居間に戻った。

「桑折(こおり)の社長さんかい」

祖母の志野が尋ねる。亮子は今の塞いだ気分を伝えるため、重々しく頷いた。

「呼び出し。なにも朝一番に電話をかけてくることないのに」

朝一番と言いつつも、日はすっかり昇っている。だというのに、まだパジャマ姿の亮子は、胸まである長い黒髪を首の後ろの低い位置で一つに束ねた。まとまらなかった短めの横髪がさらりと顔にかかる。

「あんたは工房に入っちまったら電話も取らないって、よく知ってるんだろ。まったく。代々、お世話になってるっていうのに薄情者だよ、あんたは。せっかく注文をもらっても、あれもこれも断り続けて」

卓袱台を挟んで志野の向かいに座りながら、亮子は唇を突き出す。

「私だって、できることならいろんなものを縫いたいよ。これでも一応、刺繍職人なんだから。でも、仕方ないじゃない」

志野はもの言いたげに、じっと亮子を見つめている。亮子は気まずそうに視線をそらした。

「とりあえず、行ってくる」

「はい、行っといで」

軽い口調の祖母に背中を押されて、やっとあきらめがついた亮子は、のろのろと立ち上がった。

外出の支度に時間はかからない。二十歳になったばかりの女性にしては、身づくろいに関心のある方ではない。いつも薄化粧だし、着るものもタートルネックのカットソーとロングスカートという変わり映えのしない服ばかり。自分の十人並みの容姿が嫌いではなく、いくら着飾っても美人にはなれないのだからと期待していないせいだ。朝食を取る習慣もないため、電話を受けてから三十分後には玄関を出ていた。

木戸をからりと閉めて鍵をかけ、昨夜の木枯らしで傾いた小さな看板を直す。看板と言っても簡単なもので、『日本刺繍承ります』という文字と、菱形が五つ重なり合った五階菱（ごかいびし）という家紋だけが描かれている。

冬の足音が聞こえだしたこの頃、晴れ空を見ることが少なくなった。どんよりした曇り空を見上げると、また気持ちが塞ぎそうだ。亮子は高い身長を隠そうとするかのような猫背で俯きがちに歩き出した。

これから向かう桑折呉服店までは、徒歩で十分もかからない。代々、日本刺繍を生業（なりわい）としている五百津（いおつ）家の一番の得意先だ。亮子の刺繍の腕も知ってくれていて、これまで割の良い仕事を受けることができていた。

木造家屋が多い古い街並みを歩いていくと、周囲の建物より一段と年季の入った黒い瓦屋根の平屋が見えてくる。紺地に白く染め抜いた『桑折呉服店』の暖簾（のれん）を見て、亮子は気合を入れるために大きく息を吸った。

「……おはようございます」

ガラスの入った引き戸を開けて、気合を入れた甲斐のない小さな声で呼びかけると、店の奥から若い男性が顔を出した。亮子を認めると、明るい笑顔を見せた。藍色の和服姿だが、髪は短く刈り込み、肌はよく日に焼けていて、一見してスポーツを好む人物なのだとわかる。

「おはようございます、亮子さん。突然に来てもらって、ごめんね」

「いえ。今日もお世話になります」

その男性、桑折始（はじめ）は桑折呉服店の跡継ぎで、今は番頭という立ち位置で働いている。亮子にとっては、中学時代の先輩にあたる。

亮子は人嫌いゆえに、顔馴染みの始相手でも口が重い。言葉少なに挨拶をしていると、奥の部屋からこの店の社長、桑折浩史（ひろし）がやってきた。始と同じく和服姿だ。

「五百津さん、待ってたよ」

亮子は緊張した面持ちで小さく頭を下げる。浩史は小柄で柔和な顔立ちだし、人当たりもいいのだが、小さな負い目のある亮子はいつも緊張してしまう。

「電話で話したお客様がお見えだから、奥へ」

招かれて靴を脱ぎ、売り場を兼ねた帳場に上がった。畳敷の床は塵一つないほどに掃き清められている。壁に沿って簞笥が四棹、そこには色とりどりの反物が詰められている。二つある衣桁にはきらびやかな振袖と落ち着いた色合いの訪問着、反物や帯をかけて美しく飾るための大小の撞木にはさまざまな色柄の商品がかけてある。どれも華があり、亮子にとっては観察するだけでも勉強になるのだが、今は他の職人が作り上げた逸品に目を向ける気にはなれなかった。

帳場を抜けると、ふかふかした絨毯が敷いてある応接間がある。レトロな革張りの応接ソファに五十年配の小太りな女性が座っていた。化粧が濃く、派手な色合いの洋服を着ているが、下品にはなっていない。女性は口をつけていたお茶から目を上げて、亮子を見た。浩史がぺこりと頭を下げる。

「葛嶋様、お待たせしてすみません。彼女が刺繡士の五百津亮子さんです。五百津さん、こちら、葛嶋雅美様。いたくあなたの作品を気に入られてね」

亮子は黙って頭を下げた。雅美は無遠慮にじろじろと亮子を観察した。亮子は人に見られることが苦手だ。幼い頃から近隣の男の子たちより高かった身長がコンプレックスになっていたせいもある。細身の体をさらに縮めるようにして、浩史が勧めた椅子に腰かけた。雅美が亮子から目を離すことなく、単刀直入に話しだした。

「私、有職紋様に目がなくて。とくに菱形紋様が大好きなんです。あなたの三つ寄せ花菱蝶を一面に配した半襟は見事でした」

三つ寄せ花菱蝶とは紋の一種で、蝶の羽が菱の花の形に図案化されたものだ。その蝶が三羽集まり、全体としては円形になる。昔から宮中で使われた有職紋様のうちの一つだ。

半襟は和服を着るときに襟汚れを防ぐために付けるものだが、最近は装飾品としての需要が高い。全面に三つ寄せ花菱蝶を刺繍した半襟は、確かに亮子が納品した。

「白塩瀬羽二重に白糸の紋。普通なら紋様は目立つはずもないでしょう。それなのにあなたの刺繍ときたら！」

突然、激しく言い切られ、声が大きい雅美の話し方にびくびくしていた亮子は、飛び上がりそうになった。

「まるで蝶が今にも飛び立ちそうなほど生き生きしていて！　半襟が生命力で溢れているみたいでした」

雅美は言葉を切ると、小さな拍手を亮子に送った。亮子は雅美の勢いに飲まれ、言葉も出ない。

「だから結婚式の半襟は、絶対にあなたに頼もうって決めたんです」

亮子はちらりと目だけを上げた。雅美は五十代も半ばだろうと思われるが、初婚だろうか再婚だろうかと思っていると「私じゃないですよ」と否定された。

「うちの長男がお嫁さんをもらうんですよ。とっても良い娘さんで、うちでは大喜びなんです。だから、できることはなんでもしてあげたくて。あちらはお着物もお持ちでないから、うちで花嫁衣裳からいろいろ、誂(あつら)えるの」

昨今、和服の結婚式も減っているようだし、さらに結婚式のために和装を新調するというのは珍しいのではないだろうか。

「この絵で、半襟に刺繡をお願いします」

雅美はテーブルに置いてある一枚の和紙を亮子の方に突き出した。あまりに勢いが強く、滑りだした紙はテーブルの上で止まらず亮子のひざ元までやってきた。床に落ちそうになったところを慌ててキャッチすると、その紙には二匹の白ネズミが仲良く寄り添っている絵が描いてある。亮子が顔を上げると、雅美が胸を反らして言った。

「高名な日本画の先生に描いてもらいました。プロの絵はやっぱり、すばらしいでしょう。まるで生きているみたい。この絵を刺繡してください」

亮子は恐ろしいものを見たかのように目を見開き、テーブルに放り出すように白ネズミの絵を置いた。

「……無理です」

「なんですって？」

大きな声で聞き返されて小さくなりながらも、亮子は、はっきりと答えた。

「私にはこの絵は縫えません」

雅美は声を上げて笑い出した。

「いやだ、私が絵のことを褒めすぎたから、敷居が高くなっちゃったかしら。大丈夫ですよ。あなたの腕なら、絶対に」

そう言うと雅美は席を立った。亮子は慌てて立ち上がり、帳場の方へ出ていこうとしている雅美の後を追う。

「あの、本当に無理なんです。動物はだめなんです、私……」

「いいの、いいの。謙遜しないで。私は信じていますから」

二人に続いて歩きだした浩史が、小走りに雅美の先導をする。店の前には黒塗りのハイヤーが止まり、運転手がドアを開けて雅美を待っていた。

「それじゃあ、よろしくお願いするわね」

手を振りハイヤーに乗り込もうとする雅美に、亮子はまだ追いすがろうとしたが、浩史が立ち塞がり、足を止めざるを得なかった。

「葛嶋様、お話はきちんとお伺いしましたので、ご安心ください」

「ええ。出来上がりを楽しみにしています」

亮子が浩史に邪魔されてなにも言えない間に、雅美を乗せたハイヤーは行ってしまった。振り返った浩史は硬い表情をしている。

「五百津さん、ちょっと中へ」

そう言ってさっさと店内に戻る浩史について、肩を落とした亮子はもう一度、靴を脱ぎ帳場へ上がった。始が心配そうな表情で見ていることに気づいて、助けを求めようと口を開きかけた。だが、タイミング悪く客が来て、頼みの綱の始は店頭に行ってしまった。

対座して浩史が口を開く前に、亮子は畳に両手をついた。

「すみません。この仕事、お受けできません」

浩史はため息をついて「まあ、顔を上げなさい」と言う。亮子はのろのろと頭を上げはしたが、視線は畳に落としたままだ。

「葛嶋様は、うちの上得意でね。無理な注文なんかする人じゃないんだ。どうしてもと言って頼まれたなんて、五百津さんくらいなものだよ」

亮子はぴくりとも動かない。

「それだけ腕を買われてるんだ。その気持ちに応えようとは思わないのかね」

「無理なんです、私には。社長から断ってもらえませんか」

浩史の視線がきついものに変わったが、亮子はそれを見ようとはしない。

「無理だ、無理だって、五百津さんはそればかりじゃないか。こちらが縫って欲しいと言ったものの三分の一も注文が通らない。動物はだめ、花はだめ、紋様しか縫いませんじゃあ、刺繍士の名が廃るでしょう。工房を継いで一人立ちしたんなら、一人前の職人になることを考えなきゃならないんじゃないかね」

「でも……」

「そんなことじゃね、五百津さん」

浩史は言葉を切って、じっと亮子のつむじを見ている。長い沈黙に耐えられず、亮子は顔を上げた。その視線をしっかりと捉えて浩史が言う。

「うちも、お付き合いを考えさせてもらわなきゃなりませんね」

驚いた亮子がなにも言えずに口を開けていると、浩史は重ねて強く言った。

「葛嶋様の注文を断るなら、うちとの縁はないものと考えて欲しい」

亮子は唇を噛んで俯いた。

「それで仕事を受けて帰ってきた、と」

自宅の居間に戻り、切々と事の次第を話すと、志野は軽い調子で言った。

「まあ、おがんばり」

「そんな。おばあちゃん、知ってるでしょう、私には動物は縫えないって」

「さあて、知らないねえ」

とぼける志野の言葉にカチンときた亮子は卓袱台に両手をついて身をのり出した。

「私がどうなってもいいと思ってる？　仕事を失くして路頭に迷えって？」

志野はさらにとぼけた声を出す。

「え、なんだって？　このごろ耳が遠くなってねえ」

「もういい」

亮子は立ち上がると、暗い表情で居間から続く隣の工房に入り、祖母の視線を遮るように、ぴたりと襖を閉めた。いつも開けっ放しの襖を閉めてみても、腹立ちは収まらない。悔しいような悲しいような気持ちのまま、唇を嚙みながら文机の前に座る。透明なファイルに入れられた白ネズミの絵を文机に置いて、見るのもいやだと目を背ける。深呼吸をしてみたが、志野にかわされたせいで感じたイライラは消えなかった。

「ああ、もう」

呟いて立ち上がり、気分を少しでも変えようと、部屋の掃除を始めた。三棹ある小簞笥の埃を払い、今は反物も帯もかけていない撞木を部屋の隅にまとめ、畳を掃き清める。この工房は土間から続く六畳間の高床の座敷だけだ。狭い部屋の掃除はすぐに終わった。普段は簡単に済ませるが、今日は徹底的にやろうと、掛け軸と、壁にかけている扇形の額も下ろした。祖母が縫った刺繍の掛け軸は、山茶花（さざんか）を髪に挿した童女の姿絵。扇面の刺繍は母が縫った月と兎の構図だ。どちらも、この工房を代表する出色（しゅっしょく）の出来栄えだった。

亮子はじっと二つの刺繍を見比べる。祖母には祖母の、母には母の手癖のようなものがある。個性と言えるのはそのくらいで、あとは美しさだけが、溢れそうなほどに詰まっている。とくに母の作品は、今にも兎が飛び出しそうなほどの勢いがある。

こんな刺繍ができるのに、すべてを捨てた母に対する怒りが湧く。だが、どれだけ怒りが湧いても刺繍のすばらしさ、美しさに、つい見入ってしまう。母の刺繍にはそれだけの力があった。

亮子は目をつぶって、温かな母の手を思い出させるかのようなその力を振り払う。刺繍から目をそらして母を求める気持ちを心の奥に押し込めた。なにも見なかった、感じなかったと言い聞かせる。無邪気に楽しかった懐かしい過去を閉じ込めたくて、掛け軸も額も、二つとも押入れに仕舞った。

文机に置いた日本画をじっと睨みつける。雅美が言っていたとおり、よほど名のある画家が手掛けたものだろう。描かれた白ネズミは今にも動き出しそうなほど生き生きとしている。真っ白な毛並に、かわいらしい丸い赤い目。ちょろりと伸びた尻尾も愛らしい。夫婦二匹仲良く寄り添っている。結婚式に使うということは、夫婦円満や子孫繁栄を願って選んだ絵柄だろう。

いつもは図案から自分で描き起こす亮子にとって、下絵があるというのは初めてのことだ。これを縫ってみたらどんなものができるのかと、ふと気になった。自分では描けないようなすばらしい絵を絹地の上に縫い表す、それはどんな気持ちだろう。

気になると、もう刺繡することしか考えられなくなって、下絵を布に写したくてたまらなくなった。幼い頃、母から動植物を縫うことを禁じられたことも頭から抜けた。いそいそと小簞笥から下絵を写すための道具を取り出す。

胡粉（ごふん）という顔料を使う本格的な方法の前に、一度簡単に写して、試し縫いをしてみたい。フランス刺繡にも使われている、手に入れやすい道具を使うことにした。

下絵にトレーシングペーパーをかぶせて鉛筆で絵を写し取り、それを塩瀬羽二重という極上の絹布（けんぷ）に待針（まちばり）で留め付ける。トレーシングペーパーと絹布の間にはカーボン紙を滑りこませておく。紙の上から鉛筆の線を鉄筆でなぞると、カーボン紙の黒色が布に付着して絵を転写できる。

亮子が写した絵は、かなり元の絵に近く描けていた。あとは刺繡を縫うときに細かい部分に気を配ればもっと似てくるだろう。新しい手法で刺繡ができると思うと楽しくなってきて、ほくそ笑みながら糸の準備をした。

雲が切れたようで外から日光が差し込んできた。亮子は蛍光灯の電源を切った。人工の光ではなく、日の光で映える刺繡を縫いたくて、晴れた日中は自然光だけで通している。

釜糸(かまいと)と呼ばれる真っ直ぐな絹糸を小簞笥から取り出す。白ネズミなので、使うのは純白の糸。

釜糸は蚕(かいこ)の繭から解き抜いて集めたごく細い糸を、十二本束ねたものだ。日常的に洋裁に使われる糸は、日本刺繡用とは違い、縒(よ)りをかけた状態だが、釜糸は縒りがなく真っ直ぐだ。これを自身で縫っていくところから日本刺繡は始まる。

だが今回は、白ネズミの被毛の光沢を表すために二本の平糸を抜き出して、縒り合わさずに真っ直ぐなままで合わせるだけにした。

試作なので刺繡台も使わず、手軽に洋画のキャンバスの木枠を利用する。和装小物や小さな額絵のときは煩雑にならないように利用しているものだ。和紙を木枠に布海苔で貼りつけ、その上に絹布をしつけ糸で縫い留める。

亮子が思う白ネズミは、昔話で聞いた賢いネズミ、日本神話の一節だ。神を助け、かいがいしく働く、そんなネズミの姿を想像しながら、一針一針、縫っていく。

針は左手の親指、人差し指、中指で柔らかく挟むように持つ。その針を布の下から垂直に刺し、布の上で待ち構えた右手で受け止める。糸を引きぴんと張ると、右手で針を垂直に押し下げ、布の下の左手で受け取る。ほんの少し前かがみになって布を真っ直ぐに見下ろしながら、右手、左手と針を渡す亮子には、もう周囲のなにも見えていない。布の上に立ち現れてくる白ネズミのことしか考えられなくなっていた。

大国主命は恋した姫を嫁にもらうために、姫の父神である須佐之男命が課す、いくつかの難題に挑戦して、すべてを果たしていく。最後に命じられたのは、広大な野原に射込まれた一本の矢を探してくること。素直に野原に入っていくと、須佐之男命は四方から火を放った。火に囲まれた大国主命を助けたのがネズミだったため、大国主命や、その神と同一視される大黒天の象にはネズミが一緒に描かれることがある。

そんな神話が頭に浮かんだためか、白ネズミはどこか気品を帯びてきた。元になった日本画で表現されている繊細な線を、細い糸で継ぎ目が見えないほど丁寧に、ネズミの体を覆っていく。まるで糸の一本がネズミの被毛の一本であるかのようで、触れればふっくらと小動物特有の柔らかさを感じられそうだった。

二匹のネズミの体が完成した。そのとき、亮子はふと我に返った。あとは目を入れるだけだ。白ネズミのために赤い絹糸を小箪笥から取り出す。これも縒りをかけずに細く使おうと思い、一本の釜糸を取ったのだが、針のめどに糸を通す手がためらい、泳いだ。本当に目を入れてしまっていいのだろうか。不安に思ったが、それよりも白ネズミを完成させ、愛らしい姿を見てみたいという気持ちが勝った。

針に赤い糸を通し、平縫（ひらぬ）いという、糸を平行に並べて面を埋めていく基礎的な縫い方で赤い目の下地を縫う。白ネズミに赤い目ができたが、まだどこか平面的だ。もう一度、針に糸を通し、赤い丸の上に、点を作る相良（さがら）縫いという縫い方で赤い光を表現する。

二匹の白ネズミは、まるで生きているかのように仕上がった。日本画と見比べても遜色ない出来だ。亮子はほうっと長い息をつく。ふっと、肩の力が抜けた。動物を縫うことができた、問題はなにもなかった。母の言い付けは杞憂に過ぎなかったのだ。

だが、しつけ糸を取り、木枠から布を外そうとしたとき、それは起きた。

ぴくりとネズミのしっぽが揺れた。亮子は、はっとして布を木枠に押し付けた。二匹のネズミはしっぽを振り、頭をもたげ、今にも走り出そうと身構えている。亮子は急いで鋏（はさみ）を取り、布ごとネズミの刺繍を真っ二つに切り裂いた。白ネズミの被毛であった絹糸の切れ端が、布の端からたらりと垂れ下がる。丹精込めた作品を一瞬でぶち壊しにして、亮子は途方にくれた。

「どうすればいいのよ……」

小さく呟いた亮子は力なく俯いて、いつまでも、ちぎれた絹糸を見つめていた。

桑折呉服店の社長から指定された納品日、亮子は出来上がった半襟を桐箱に納めて工房を出た。重い気持ちを引きずりながら歩いていく。半襟は完成した。一応のものはできた。だが自分の力のなさを思い知る結果にしかならなかった。本当にこの白ネズミの半襟を渡して良いものかという迷いが晴れない。

だらだらしているうちに、約束の時間は過ぎていた。桑折呉服店の暖簾をくぐり、そっと引き戸を開けると、待ち構えていた始が小声で亮子を呼んだ。

「亮子さん、葛嶋様がもういらしてるから、早く奥へ」

小さく頷いて気合を入れるために大きく息を吸うと、そのまま息を止めて奥の部屋に入った。

「お待たせしてすみません」

深々と頭を下げる。

「あらあら、いいのよ。楽しみは取っておくタイプなの」

ソファに腰かけた葛嶋雅美は、のんびりと優雅にお茶を飲んでいた。社長の浩史に軽く睨まれて、亮子はまた小さく頭を下げる。

「五百津さん。さっそくですが、見せてください」

浩史に促されて、亮子は抱えてきた風呂敷包みから桐箱を取り出した。だが、開く勇気が湧かず、箱を抱えたまま動けなくなった。雅美が笑顔で言う。

「やっぱり、あの絵と比較されるのはいやよねえ。でも大丈夫。あなたの刺繍が大好きなの。絵とは違っても、あなたの腕で仕上げたものなら大満足に決まってるから」

そこまで言われて、あとには引けなくなった。覚悟を決めた亮子は椅子に腰かけ、桐箱をテーブルに置くと、そっと蓋を取った。雅美が嬉しそうに箱を覗きこみ、目を見開く。

「なに、これ」

浩史も驚いたようで、咄嗟（とっさ）に言葉が出なかった。亮子は肩を縮めながら「ご注文いただいた白ネズミです」と小声で言った。

「これのどこが、あの絵に似てるって言うの？」

突然、雅美の声が厳しく棘のあるものに変わった。

「まっ白じゃないの。赤い目はどこに行ったの」

亮子が差し出した半襟には、白いネズミの刺繍がある。だが、二匹のネズミには目がなく、ただ、のっぺりと平面的なネズミのシルエットとしか受け取れない。とても生きもののようには見えなかった。

「白ネズミのかわいらしさと言ったら、あの赤い目でしょう。紅白の色合いがおめでたいんじゃないですか。いくら花嫁衣裳だからって、目まで白だけで縫ってしまうというのは……」

苦情を言いながら半襟を取り上げ、顔を近づけた雅美の眉間に皺が寄る。

「そもそも、目自体がない。なんなの、これは。目がない化け物ですか。うちの嫁にはまともな動物は身に着けさせられないと思ってるの？」

「いえ、決してそんなことは……」

もごもごと口ごもり、言い訳もできない亮子に、雅美は半襟を突き返した。

「こんなものじゃ受け取れません」

亮子は深々と頭を下げる。

「申し訳ありません」

「縫い直してくださいね」

雅美は立ち上がり、かなりの早足で表へ向かう。

「あの、待ってください。私、やっぱり縫えません」

亮子の声を聞く気もないようで、雅美はさっさと店を出ると、呼び止めようとする始を振り切って、駅の方向に歩いて行った。受け取ってもらえなかった半襟を抱えたまま、亮子は途方に暮れて、裸足のままで土間に立っていた。

「五百津さん」

厳しい声に振り返ると、浩史が怖い顔をして亮子を睨んでいた。

「なんてものを持ってくるんだ。葛嶋様のご機嫌をここまで損ねるなんて、いっそ清々(すがすが)しいよ」

亮子は頭を下げて「すみません」と言うことしかできない。

「今回で、付き合いは最後にさせてもらうよ」

「そんな……！」

「その半襟だけは葛嶋様もお待ちだから納品してもらわなきゃ困るけど、それ以上は付き合いきれない。ほかの職人さんを探すよ」

そう言って、浩史は亮子の靴を取り、乱暴にではあるが足元まで運んでくれた。亮子が動けずにいると、側で一部始終を見ていた始が亮子の肩に触れた。

「亮子さん、とりあえず靴を履いて。裸足でこんなところに立っていたら冷え切ってしまうよ」

始の目を見ないようにしながら、亮子はのそのそと靴を履いた。始が亮子をかばうように浩史の前に立つ。

「社長、五百津さんの工房とは長い付き合いじゃないですか。ちょっとしたことでそれを断ち切るというのは……」

「お客様の注文に応えられないのは、ちょっとしたことじゃない」

「そうは言っても、亮子さんにも縫えない事情があるんだろうし……」

浩史は苛立った様子で始の言葉を遮った。

「どんな事情があるっていうんだ。どうなんです、五百津さん」

亮子は俯いて黙って首を横に振った。

「我々には話せないような事情があるのか。それともただ、縫いたくない気分だというだけなのか」

始が眉を上げて厳しい声で反論する。

「社長、そういう言い方は失礼じゃないですか。亮子さんはできる限りの仕事をしてくれてますし、贔屓(ひいき)にしてくださるお客様だっている」

「その御贔屓さんを怒らせるんじゃ、意味がない。五百津さん、今度はしっかりしたものを縫ってきてくださいよ」

浩史は背中を向け、店の奥に入ってしまった。亮子は黙ったまま頭を下げて店を出る。始は呼びかけたい様子で心配そうに見ていたが、言葉は出てこない。懸命に味方してくれた始の視線から逃げるように、亮子は後ろ手に戸を閉めた。


工房へ戻り、文机に桐箱を置く。蓋を開けて白ネズミを見る。雅美が言ったとおり、目がない生き物はどこか不気味な化け物にも見えた。亮子は糸切り鋏でネズミの尻尾を切り、ほぐして糸に戻していく。ただただ白いだけの真っ直ぐな絹糸。もう、ネズミの痕跡はない。さらりと指に触れる縒りもかけなかった平糸は、体の芯まで冷えてしまいそうなほど冷たかった。

今朝から何度目になるのかわからないため息をつく。とうとう浩史から最後通牒(つうちょう)を突き付けられてしまった。桑折呉服店との取り引きがなくては生計がなりたたない。刺繍職人の道をあきらめて工房を畳むしかなくなる。

顔を上げて壁を見た。なにも飾りのない床の間。いつもはそこに祖母の縫った掛け軸がある。華やかな山茶花の赤と、あでやかな童女の黒髪。童女は少し俯き加減なのだが、その目は今にも元気に輝いてこちらに微笑みかけてくれそうに見えるのだ。祖母の刺繍が見たかった。

押入れを開け、巻いていた掛け軸を広げる。童女は今日も、生き生きとしていた。じっと見つめていても、飽きることがない。童女の刺繍が生きるその秘訣は、目だった。平縫いで表現された黒目に、その周囲だけさらに黒く輪郭を縫った陰菅縫い（かげすがぬい）という技法。黒だけで、しかも基本の縫いだけで表現されているのに、輝く瞳が描き出されている。

こんな刺繍を縫いたい。その気持ちがむくむくと湧いてくる。だが、同時に恐れも感じる。またあんなことになったらと思うと、生き物を刺繍するのは怖くて仕方ない。昔、動物を縫った日のことを亮子は鮮明に思い出した。

中学校の授業でフランス刺繍を教わった。それは日本刺繍とは縫い方がまるで違うものだった。

日本刺繍では、布に垂直に針を刺し、両手を使って縫う。生地の布目が広がらないようにと最大限の工夫がなされている。フランス刺繍は片手で縫い、布地の経緯（たてよこ）にかかわらず、自由に糸を刺していく。糸は最初から縒ってあり、手間もかからない。日本刺繍のように基礎の縫い方から始めて段階を踏んで難しいものを習得していくわけでもなく、好きなステッチを自由に刺せる。

開放的な気分になった亮子は夢中になって、授業時間いっぱいを、ステッチの練習に使い切ってしまった。クラスメートは課題である蝶の刺繡を終えていたのだが、亮子は提出できるものがなく、宿題とされてしまった。しかし、日本刺繡の工房を開いている家に西洋の刺繡を持ち込むことに、わずかばかりの罪悪感を覚えた。そのため学校に居残って、刺繡を終わらせることにしたのだ。

家庭科室を借りて、布に直接鉛筆で図案を描き、針を持つ。これから蝶を生まれて来させることを考えると、わくわくした。母からは動植物を縫ってはいけないと、きつく戒められているが、それは日本刺繡に限ったことだろう。幼い頃から我慢し続けた、自由に刺繡できるこの機会を得て亮子は舞い上がっていた。フランス刺繡ならきっと大丈夫。亮子は心躍らせながらステッチを刺し始めた。

五センチほどの小さな蝶は、あっという間に出来上がった。最後の糸止めをして布を広げてみると、鮮やかな黄色の蝶はまるで生きているかのようだった。満足して布を畳もうとしたとき、蝶がふわりと飛び立った。先ほどまで布の上に縫い付けられた糸でしかなかったはずの蝶は、柔らかく優雅に家庭科室を飛び回る。

「だめ！　布に戻って！」

亮子は必死になって蝶を追い回した。蝶は天井近くまで舞い上がり、ゆっくりと旋回して机の上に着地した。そこを、両手でぱんと挟んで捕まえたが、手の間で蝶はもぞもぞと動き続けた。どうすることもできず、亮子は蝶を引き裂いた。指の隙間から黄色の糸がはらり、はらりと散り落ちた。自分の刺繍を自分で引き裂いたその行為が、亮子自身の心も引き裂こうとする。動植物を縫うたびに、幼い頃から同じことを何度も経験したというのに、そのたび涙が出そうになる。

そのとき、教室の扉がかたんと音を立てた。はっとして振り返ると、扉はほんの少しだけ開いていた。確か、しっかりと閉めたはず。刺繍が動いたところを誰かに見られたかもしれない。真っ青になった亮子は、小走りに扉に近づき、勢いよく開けて廊下に顔を突き出した。だが、誰もいない。

亮子は、心から安堵して大きく息をはいた。もし人に見られれば、刺繍が動き出すなどという怪異を、なんと噂されるかわからない。平穏な暮らしを続けられなくなるのではないか。その時の恐怖は鮮烈で、今でも忘れられない。

それ以来、動植物を縫うことなく刺繍を続けてきた。動物を縫えば歩き出し、飛び回り、逃げようとする。草木を縫えば無尽に伸び続け、布の上がジャングルのようになる。とても縫い続けることはできない。無機物か、そうでなければ唐草紋様のように、元の姿とかけ離れるまで図案化されたものであれば、草木紋様でも動物の紋様でも縫うことができると、刺繍を始めた幼い頃からの経験で知っていた。母に厳しく言われたとおり、紋様だけを縫うことが、亮子が刺繍を続けるための、唯一の道だったのだ。

だが、今回ばかりはそんなことを言っていられない。なんとしても白ネズミに目を入れて、納品しなければならない。そして頭を下げて桑折呉服店からの注文をもらい続けなければならない。亮子は気合を入れて布を取り出した。

まっ白な塩瀬羽二重に下絵を写し、木枠に取りつけた。縒らない白糸でネズミの姿を縫う。白地に白糸でも姿が浮き上がるように、糸の光沢を最大限に引き出す。ふっくらした毛並みを表現して、糸止めする。ここまではあっという間だった。残すは、赤い目のみだ。祖母の刺繍の童女のように大きな目にしたらかわいいだろう。だが、そうする勇気が出なかった。またネズミが動き出したら。また自分の刺繍を切り刻まなければならなくなったとしたら……。

亮子は、ふるりと頭を振って、堂々巡りする考えを振り落とした。いくら考えても、仕方がない。やってみなければ結果はわからない。もしかしたら今度は動かないかもしれない。

しかし、どうやって自分を鼓舞しても決心がつかず、消極的な策に出た。芥子縫いという縫い方で目を入れるのだ。名前のとおり、芥子粒のように小さな点を作る縫い方だ。さっと縫えば三十秒もかからず縫い上がる。だが亮子は針の穴から鬼が出るのを恐れているかのようにびくびくしながら、時間をかけて赤い点を四つ、布の上に縫い付けた。白ネズミの体の大きさに見合わない、小さな小さな点目。そんな、とぼけた顔のネズミは、ちんまりと布の中に収まっている。

亮子の表情がぱっと明るくなった。ネズミは動かない。怪異など起きない、普通の刺繡が縫えた。舞い上がりそうな喜びに口許がほころんだ。仕上げの糊付けと湯のしをしようと、道具を取りにいそいそと立ち上がる。

押入れを開けるために布に背を向けたそのとき、カサッと小さな音がした。慌てて振り返ると、音は止まる。押入れの方に顔を向けるとまた音がする。亮子は布に背中を向けたまま、摺り足で後ろ向きに布に近づいていった。カサコソという音が鳴りやまぬうちに、勢いよく振りかえると、真っ白な布地の上で、白ネズミが動き回っていた。

「なにしてるの！」

亮子の声に驚いた二匹のネズミは布の中を駆け回った。実際のネズミにはありえない間の抜けた表情にしたためか、写実的な動植物を縫ったときのように布の外に飛び出てくることはない。だが、暴れるネズミの力は強く、布を止めつけている木枠がひとりでに飛び上がるほどだ。

かたんと音がして冷たい風が吹き込んだ。ぎょっとして扉を見ると、ほんの少し隙間が開いている。先ほどまで、確かに扉は閉まっていた。亮子の顔色が、背に冷水を浴びたかのように真っ青になる。中学時代の、あの家庭科室と同じだ。やはり、気のせいではなかった。あのときも誰かが見ていたのだ。

白ネズミを木枠ごと押入れに突っ込んで土間に駆け下り、ガラス戸を引き開けた。工房の前庭に人影はない。

はっと顔を上げた。お香の香りがする。白檀（びゃくだん）と丁字（ちょうじ）、それに強い桂皮（けいひ）の甘い香り。この独特の香りは桑折呉服店がオリジナルで作っている防虫香だ。

道に飛び出そうとしたところ、生垣の陰にいて見えなかった始とぶつかった。よろけた亮子を始が咄嗟に抱き留める。香りがより強くなった。

「大丈夫？」

始に支えられて体勢を整えた亮子は、目を見開いて始を見る。わなわなと震える唇から小さな声が漏れ出た。

「……見た？」

始の視線が、一瞬、泳いだ。

「なにを？」

見られた。知られてしまった。きっと、化け物でも見るかのような目で見られることだろう。亮子が縫った刺繍が初めて動き出したときに母から向けられた、あのときと同じような視線で。

亮子はショックのあまり、固まった。なにも考えることができない。小刻みに震えて地面に視線を落としている。始は亮子の呆然とした様子を心配したようで、軽く眉根を寄せた慈悲深げな顔をした。

「とにかく、中に入ろう。そんな薄着じゃ風邪をひいてしまう」

始に背中を押されるままに、亮子は工房に入り、そこで力が抜けて上がり框に腰を下ろした。俯いて肩を縮めている亮子を見て、始はしばらく迷っていたが、亮子の隣に腰かけた。亮子がびくりと震える。恐る恐るそっと横目で見ると、始は真っ直ぐ前を向いていた。しばらくそうやって二人は動かずにいた。亮子が小さく口を開けたり閉じたり、話そうとして声を出せないという気配を感じたかのように、始が、きっぱりと言う。

「なにも見ていないよ」

亮子は驚いて目を上げた。今、垣間見たであろうことについてなにも話さない。なにも聞かずに、見なかったふりをしてくれる。怪異を恐れることも、好奇の目で見ることもない。

「心配することは、なにもないよ」

まるで今まで破り捨ててきた刺繍たち、そのすべてを受け入れてくれるかのような優しい声音だった。亮子は、今まで感じていた罪悪感や、秘密を抱え込んでいた孤独を慰撫されたように思って泣きそうになった。震える唇に力を込めて、なんとか涙を押しとどめる。力を入れているために体温が上がっているようで、血色がよくなってきた。

始は気持ちを切り替えようというのか、ぽんと着物の両膝を軽く叩いて、はきはきと話し出した。

「親父が言ったことは気にしないで。あの人、勢いだけでいろんなことを言っちゃうところがあるんだ。今回も数日たてば気が変わるし、もし変わらなくても俺が説得するから」

普段どおりの始の話し声に、亮子の波立った気持ちが落ち着き、すうっと穏やかに、日常に戻って来た。

「それを言いに来てくれたんですか？」

「うん。かなり落ち込んでいるように見えたから、ちょっと心配で」

本当に心配そうに、じっと亮子を見つめる始の優しさに、亮子は頭を下げた。

「ありがとうございます、先輩」

「もう学生じゃないんだから、先輩はやめてよ」

朗らかな始の笑顔に元気をもらって、亮子は弱々しいながらも微笑みを返した。きっと始は、いつからかはわからないが、亮子の秘密に気づいていたのだろう。だから浩史が亮子に刺繍の幅を広げるように忠告して、動植物も縫うようにと言っているときも、やんわりとかばってくれていたのだ。

「俺の代まで、亮子さんにはがんばってもらいたいんだ。亮子さん以上の職人は見つからないと俺は思ってる」

亮子は職人として最上級の誉め言葉をもらい、どう返したらいいのかわからず、始をじっと見つめて黙って頷いた。始も頷き返してから腰を上げた。

「もしどうしても刺繍が無理だったら、俺から葛嶋様に断りをいれるけど」

また気遣ってくれる。だがもう、それに甘えるわけにはいかない。始が言ったとおり、先輩、後輩という関係は、とうの昔に終わっているのだ。今は対等な取引相手だ。亮子は微笑んで首を横に振る。

「私、縫います」

始は亮子の目を見つめて、かしこまった様子でしっかりと頷いた。

「じゃあ、よろしく頼みます」

亮子は生垣の外まで出て始を見送った。深々とお辞儀した頭を上げて、その真っ直ぐな背中が見えなくなるまで目をそらすことができず、じっと見つめていた。


気持ちを切り替えて踵を返して工房に戻る。勢いよく押入れの襖を開けると、木枠が飛び出してきた。そのまま居間の方に転がっていく。亮子は慌てて後を追う。

「騒がしいねえ。いったい、なにをしてるの」

卓袱台の下に潜り込もうとした木枠を捕まえた亮子に、志野が話しかけた。

「小さな刺繡に振り回されて、みっともない」

「そんな言い方ないでしょう。私だって一生懸命やってるんだよ」

ガタガタ暴れる木枠を押さえこんで見下ろし、亮子は「きゃあ！」と叫び声をあげた。のんびりと志野が言う。

「だから、騒がしくするのはおやめったら」

亮子はなんとか摑んだ木枠ごと、刺繡を志野の眼前に突き出す。

「これ、気持ち悪いよ！　見て、おばあちゃん！」

志野は軽い口調で「おやまあ」と呟いた。

「これはまた子だくさんだこと」

塩瀬羽二重の全面に、ネズミがぎゅうぎゅうと詰まって蠢いていた。点目の大人のネズミが二匹、目無しの子ネズミが数えきれないほど。そのネズミたちが押し合いへし合い、うごうごと揉み合っている。亮子は手を思い切り遠くに突き出して固く目を瞑った。

「もういやだ！　気持ち悪い！」

志野は苦笑いを浮かべる。

「そう嫌っておやりでないよ。ネズミは多産で増えるもの。だからこそ結婚のお祝いに使うんじゃないか」

「本物のネズミなら、こんなに数えきれないくらい増えるわけないじゃない！　しかも目がないって、すごく気持ち悪い！」

志野の声が冷たさを帯びる。

「そんなものを縫ったのは誰だい」

亮子は手を突き出したまま、そっと薄目を開けて志野を盗み見る。志野は、祖母の顔ではなく、師匠としての威厳ある佇まいを見せていた。

「自分が愛せない刺繍を、よくも人様に売りつけようとしたもんだ。あんたがなにを作り出したのか、目を開けて、ようく見な」

亮子は薄目のままネズミたちに目を向けた。うぞうぞと這いまわる白いだけの体。目がないからか互いにぶつかり合い、同胞を踏みにじり、また、踏みつぶされる。もし目があったら、これらは大人しく整列するだろうか。少なくとも気味悪い様相ではなくなるだろう。作り手の自分がいやがるような姿かたちではないだろう。そう思うと、申し訳なさが、ふつふつと湧いてきた。

「おばあちゃん、どうしたらいいのかな」

泣きそうな声で聞く亮子をじっと見つめていた志野が、深くため息をついて白ネズミの刺繍を受け取った。突然、自分が生んだものたちの重みが手の中から消えたことに驚いて、亮子は目を見開いた。

「それ、どうするの」

「どうもしやしないよ。ネズミを虐殺する趣味はないんだ。針と糸を持っておいで。ネズミを整列させようじゃないか」

志野に言われるがまま、亮子は工房から紅白の糸と針を取って来た。志野は亮子からそれらを受け取ると、めどに糸を通し、針先で刺繍の表面をつついた。尻や尻尾をつつかれた子ネズミたちは、慌てふためいて親ネズミの元に集まっていく。踏んだり蹴ったりしていたが、志野が針でつついて道筋を示してやると、子ネズミは大人しくひとところに集まった。さらにつつくと、一匹の子ネズミの上に一匹が重なり、その上にもう一匹が重なりと、次第に厚みを増していきながら、数えきれないほどいると思った多数の子ネズミは両親の側に落ち着いた。恐れをなしたのか、こちらに尻を向けてぷるぷる震えている。

大騒動のあとには、行儀よく座った二匹の点目の親ネズミと、分厚く重なった無数の子ネズミがすっきりと配された半襟が残った。

「はいよ」

志野は亮子に木枠ごと刺繍を返した。亮子は受け取った刺繍をじっと見つめる。親ネズミは子ネズミが大人しくなったからか、満足げにひげを揺らしている。

「だめだよ、おばあちゃん。動いちゃってる」

亮子の言葉に、志野はまた、大きなため息をついてみせた。

「天敵だよ」

「え?」

「ネズミが恐れて身動きできなくなるような場面を作ってやるのさ。ネズミたちの天敵を縫うといい」

亮子は小首をかしげた。

「ネズミの天敵って、ネコ？」

志野はまたまた、はーあ、とわざとらしくため息をつく。

「ネコとネズミじゃ、まったくおめでたくないだろう。もっとよく考えな。お祝い事なんだろ」

亮子は今まで見て、聞いてきた刺繍の、そして和の知識を活かすべく頭を絞った。おめでたいことに使われる題材、ネズミの天敵。

「フクロウ？」

志野は黙ってそっぽを向いた。師匠としての志野は、いつもそうやって答えを言わない。だが、黙るということ自体が正解だという合図だった。亮子は白糸が通った針で、ネズミと反対側の隅に、下絵もなしに刺繍を始めた。

フクロウはその名前に不苦労という漢字を当てて、めでたい意匠（いしょう）であると言われている。細かい縫いで、ふっくらと膨れた羽毛のシロフクロウの姿を浮き上がらせる。少し迷ったが、目は閉じた状態にしようと、白い線だけで瞼を表現した。シロフクロウが縫い上がると、ネズミたちはぴたりと動きを止めた。

「よーし、よーし。そうやって良い子にしていてね」

亮子はネズミに言って、布の反対側にいるフクロウにも話しかけた。

「ネズミが暴れないように、見張っていてね」

フクロウは聞いているのかいないのか、ぴくりとも動かない。安堵した亮子は足を崩してぺたりと座りこんだ。

「なんとか、なった……」

そのまま卓袱台に突っ伏して、うーんと両腕を伸ばす。

「おばあちゃん、ありがとう」

甘えた声に、志野の返事はなかった。


点目のネズミは押入れにしまい、新しく日本画のとおりに、大きな赤い目の白ネズミを縫う。フクロウが睨みをきかせた、静かな画面ができた。

シロフクロウと、白ネズミの夫婦二匹が居住まいする半襟を持って、約束の日に桑折呉服店を訪ねた。

「まあ！　なんて素敵な。この白ネズミ、まるで息をしているみたい」

半襟を手に取った雅美は大喜びで、手近な衣桁や撞木にかけてある振袖や訪問着に半襟を当てて具合を見ている。

「いいわ、どんな色にも合うし、上品で華やかになる。こんな半襟が欲しかったのよ。ありがとう、五百津さん」

浩史が半襟を受け取って、丁寧に桐箱にしまう。その様子を見ながら雅美はご機嫌だ。

「かわいいフクロウも入れてくれたのね。そうやって、お祝いしてくださる気持ちが嬉しいわ」

ネズミたちに四苦八苦させられたうえでの苦労の産物だとはとても言えず、亮子は曖昧に微笑んだ。

上機嫌で帰っていく雅美を店の外で見送った浩史が戻ってきて、帰り支度をしている亮子に声をかけた。

「五百津さん」

びくっと揺れてしまった体の動きを抑えて振り返った亮子に、浩史は冷静な口調で語りかける。

「今回の刺繍はすばらしい出来だった。あんなものが縫えるのに、どうしていつも断るんだろう」

「あの……、動物の刺繍は、難しくて」

「今日のお品を見る限り、そうは思えないよ。まるで動き出しそうな出来栄えだったじゃないか」

亮子はぎくりと身を固くする。動き出しそうと言った浩史に他意はないと知ってはいるが、やはり身が竦む思いがするのだ。

「そう構えずに、二つ三つ、試しに縫ってみたらどうだろう。うまくいかなかったというなら諦めるけど、良いのができたら、うちに置かせてもらうよ」

「はあ……」

聞こえるか聞こえないかの声で答えてなんとか誤魔化し、亮子はそそくさと店から逃げ出した。

置いてくれると言われた動物の図柄は、家紋にもあるような極限まで図案化されているものを縫った。亮子が縫ってきた桃のような形のウサギが三匹で丸を描く三つ兎(みうさぎ)紋や、光琳亀(こうりんかめ)という地図記号のように図案化された紋様の亀の刺繍などを見た浩史は、いい顔はしなかったものの出来栄えには文句がないようで、刺繍が入った風呂敷やお洒落足袋(たび)を桑折呉服店の店頭に並べてくれた。そうやって、こまごました小物に紋様を縫う日々が戻ってきて、穏やかに時が流れるうちに、冬がやって来た。

亮子は、冬が好きだ。寒さに強いわけではないが、窓から見上げる庭の残り柿に寄ってくるツグミやメジロが、柿の木の枝に止まるのが見える。工房に日がな一日座っていて、ふと目を上げたときに見る小さな生き物は、自由という言葉がぴったりで心が軽くなるように思う。

古い工房は隙間風だらけで手足が冷えて仕方ないのだが、鳥たちを見ていると、自分にも羽毛が生えたかのように、なにか温かいものを感じるのだ。目を細めて見つめ、しかしすぐに視線を落とす。

できることならば、あの鳥たちの姿を布の上に写したい。何度も図案を描いたことはある。だが、布に写すことはできなかった。もし刺繍をして動き出したら。思いとどまってしまうのは、布から飛び立ってしまった鳥が、自分を置いていくのが寂しいからなのかもしれないと、時々思う。

突然の来客があったのは、柿の実が鳥たちに食べつくされたころのこと。

「こんにちは……」

弱々しい声が聞こえて振りかえると、工房のガラス戸を薄く開けてスーツ姿の若い男性が、亮子に向かってちょこんと頭を下げた。

鳥たちも去ってしまい物寂しい気分でいた亮子は、人嫌いな普段からは想像もつかないほど愛想よく応対に出た。

「どちらさまですか」

立って行って、畳の縁に膝をついて尋ねると、男性はスーツの内ポケットから名刺入れを取り出した。

「井之頭不動産の土井と申します。とつぜんにお邪魔して申し訳ございません」

亮子は名刺を受け取って、じっと見つめた。生まれた時から、代々住み続けた家がある亮子にとって、不動産会社というものはお伽の国ほどにも縁遠いものだった。

「本日は、この辺りのお宅にご挨拶で伺っておりまして」

土井は短く言葉を切ると、そのたびに軽く頭を下げる。行く先々で邪険にされたのだろうかと心配になるほど平身低頭している。

「あの、こちらにお住まいになって長いんですか？」

「はあ」

亮子は気の抜けた返事をする。土井は腰を曲げたまま、上目遣いに亮子の様子をうかがうようにしながら尋ねる。

「何年くらい……」

「さあ。五代くらい前までは遺影がありますが」

土井は、ぱっと笑顔になった。

「それはすばらしいですね。いやあ、ぜひともお目にかかりたい」

急に土井の態度が変わった。小さく謹んで縮めていた体を、許可も得ずに、亮子のすぐ側まで、ずずいと擦り寄せて来た。急に間合いを詰められて亮子はびくりと震える。その弱気な態度に気を良くしたのか、土井はぐいぐいと亮子に迫ってきた。

「この辺りは歴史あるお宅が多いですよね。中でもこちらは由緒深そうな佇まいの木造です。維持も大変なんじゃないですか」

「はあ、まあ」

土井がなにを言いたいのかわからずに、亮子は間の抜けた声で答える。土井はますます気を良くしたようで、目をきらめかせた。

「えっとですね。そこでなんですが。駅前の再開発、ご存知ですか」

「はあ」

「どうでしょう。どどどーんと、その波に乗りませんか」

やはり、土井が意図しているところがわからず、亮子は「は？」と返す。いつもの調子に戻って、急に不愛想になった亮子の態度に、土井は怯んだ。それでも、くぐもった声でなんとか続ける。

「いや、まあ、突然で驚かれたと思うんですけど、今が売り時かと思ってですね。当社では……」

「売り時？」

亮子が首をかしげると、土井はかまってもらえることが嬉しいようで、満面に笑みを浮かべた。

「はい！　再開発の地価高騰に乗って、ひとつ、売ってみませんか！　ここは路地も狭いし、日当たりも良くない。古い家屋は手入れも大変です。いっそ、気楽な都会暮らしはいかがでしょうか」

亮子の眉間に深いしわが寄る。

「地上げですか」

土井は慌てて両手を振り回す。

「いやそんな、確かに地上げではありますが。一般的に言われる、人でなしなことは当社ではいたしませんし……」

「人でなしでも、人でありでも、土地を買って売って、儲けたいのは一緒でしょう。うちは、そんなことには加担しません」

「加担？」

「売りませんから」

きっぱりと言い切って、亮子は立ち上がり、土井に背を向けた。そのまま土井がいないかのように刺繡台の元へ戻る。

「いや、その。急に参りましたし、驚かれたと思うんですけど。ああ、そうだ。お父様か、お母様はいらっしゃいませんか。ご挨拶だけでも……」

亮子は鋭い視線を土井に叩きつけるようにして睨んだ。

「この家の家主は私です。家主の私が売らないと言っているんです。帰ってください」

年下であろう亮子の迫力に負けて、土井は少しずつ少しずつ後ずさっていく。

「しかしですね、こちら、刺繡屋さんでいらっしゃると看板がありました。そういったご商売なら住宅地の奥より、人通りの多い駅前などで新規顧客開拓などされたら、和服ブームですし、流行るかも……」

「うちは代々、この場所でやってきたんです。ここでしか縫えないものがあるんです。それに」

亮子はふと言葉を切った。表情の消えた亮子を見て、土井は不思議そうに首をかしげる。

「それに？」

「とにかく、うちはここから離れませんから」

それだけ言って、亮子は完全に沈黙した。土井がまだ二言三言、追いすがっても、人などいないかのような態度で刺繍を続ける。亮子の無言の迫力に負けた土井はそっと戸口から出て、音を立てずに戸を閉めた。

その気配を感じた亮子はやっと手を止め、顔を上げた。天井を見上げる。いつも見慣れた染みがある。幼い頃は人の顔に見えて恐ろしかったその染みも、今では古い顔なじみという気がして懐かしい。

この染みが怖くなくなったのは、母が消えたころのことだ。十代に入ったばかりの、ニキビができ始めた頃。

母は美しく、奔放（ほんぽう）な人だった。きっと恋人でもできて家出したのだろうと、祖母は警察に届けることはしなかった。亮子は置いて行かれたことに、激しい怒りを覚えた。母にこの家や家族よりも大切ななにかがあったということが許せなかった。そのうえ、母は刺繍道具の一つも持って行かなかった。母にとって、刺繍とはそれだけのものだったのか。母の刺繍を尊敬し続けた自分が馬鹿のように思えて、歯を食いしばって涙をこらえた。

いつか、母の刺繍を超えるものを縫う。そうして母を見返すのだ。私には、こんなにすごいものが縫えるのだ、あなたとは違うのだと証明するのだ。そう思って亮子は縫い続けてきた。いつか母に自分が縫った刺繍を突き付けることを夢想してきたのだった。

そのためには、この家に、この場所にいなければならない。母が戻る場所はここでしかないのだから。

第二章

幼い頃、初めて縫ったのは小さな一輪の梅の花。縫い上がった喜びに満面の笑みをたたえた亮子の頭を、母は優しく撫でてくれた。だが次の瞬間、梅の花は風に吹かれたかのように、そよと揺れ、花びらがはらりはらりと散り落ちた。布の上で起きた怪異を母は恐れ、真っ青になって震えていた。亮子は手ずから縫い上げた花がなくなり、初めて喪失というものを知った。それは身を切るような痛みだった。身も世もないほどに泣き叫んだ。

母は亮子の異能を人に知られまいと、刺繡を禁じようとした。だが、亮子は宥めても叱っても、工房にやってきては糸に触れた。母は無視したが、祖母の志野が亮子に刺繡を仕込んだ。母、透子(とうこ)と志野は次第に互いを避けるようになっていったことを、亮子は幼心に申し訳なく思い、だが刺繡に対する情熱は枯れることがなかった。

今日も電話は真っ黒だ。なぜ昔の電話は黒いのか。亮子はどうでもいいことを考えて気を紛らわせようとしたが、本当にどうでもいいと思っている電話のことでは思考が続かなかった。今しがた置いたばかりの、どうしても好きになれない受話器に背を向けると、パジャマ姿のままでのろのろと居間に入る。

俯きがちに卓につくと、長い髪がさらりと卓袱台に触れた。

「髪を括りな。卓を汚すんじゃないよ」

「ちゃんと髪洗ってるもん。汚くないよ」

志野に言い返しはしたが、亮子は手首にかけているゴム紐で髪を一つに束ねた。そのまま気だるげに卓袱台に肘をつく。

「また、あんたは。肘を卓にのせるんじゃないよ。行儀の悪い」

「いいじゃない。食事中なわけじゃないんだから」

頬杖をついてそっぽを向く亮子に志野の厳しい視線が送られる。その無言の圧力に負けて、亮子は腕を下ろした。

「電話は桑折さんかい」

「そう。ほかにうちに電話をかけてくる人なんて、ろくにいないでしょう。もう、うちと桑折さんのところとの直通回線だよ」

「ありがたいことじゃないか、気にかけてくれて。今日も呼び出しだろう、さっさと出かけな」

亮子はありがたいばかりだとは思えない、迷惑でもあるのだと複雑な表情で志野に訴えたが、志野は知らぬふりで、むっつりと黙ってしまった。仕方なく、亮子は立ち上がり、身支度を整えるために寝室に戻った。

今日も寒い。外に出て北風の直撃を受けた亮子は身震いした。手袋をしているのに、それでも風が凍みるようだ。刺繍職人として手荒れは絶対に防がなければならない。あかぎれを作るなど、もってのほかだ。マナー違反だとしても、暖かさを優先するため、コートのポケットに両手を突っ込んだ。

猫背気味に歩いていくと、行く手に和服姿の男性の背中が見えた。始だ。所用でもすませてきたのか風呂敷包みを提げていて、方角的に桑折呉服店に向かっているのは間違いない。同道すべく声をかけた。

「始さん」

亮子の声に驚いたらしい始は、飛び上がらんばかりの勢いで振り返った。亮子を認めると、目を丸くして動かなくなってしまった。

「始さん？」

再び呼びかけると、始は慌てた様子で姿勢を正した。

「ど、どうしたの」

なぜかどもっている始がなにに驚いているのかわからず、亮子は小首をかしげた。

「これからお店に伺うところなんですけど……。どうかしました？」

「いや、どうかっていうわけじゃないんだけど。なんていうか、ちょっと、恥ずかしくなって」

亮子は、ぱちくりと瞬きする。

「恥ずかしいって？」

「ほら。名前呼ばれたの、初めてだから」

そう言われて、亮子は始を「先輩」という言葉以外で呼んだのはかなり久しぶりだと気づいた。幼い頃には「お兄ちゃん」と呼んでいた記憶がある。そうやって改めて考えると、名前で呼ぶのは、なんだか気恥ずかしくもある。だが、志野も透子も子どもの頃から始のことを名前で呼んでいたという思いがあったので素直に呼んでみたのだが。

「ご迷惑でした？」

始は慌てて手を左右に振って否定した。

「いや、そんなこと！　ちょっと新鮮だっただけ。どんどん呼んで」

その言い様がおかしくて、亮子は小さく笑った。始も笑顔を浮かべて、亮子の隣に並ぶ。

「始さん、羽織だけで寒くないんですか」

尋ねると、始は恥ずかしそうに微笑んだ。

「俺、暑がりだから。このくらいの気温なら手袋もいらないんだ」

「いいですね、身軽で」

始は亮子の重装備をまじまじと見つめる。分厚いウールのロングコートを着て、マフラーをぐるぐると巻き付け、イヤーマフと手袋もつけている。足にはタイツとムートンブーツ。そのうえで猫背になるほど寒がっている。始はおかしそうに笑った。

「亮子さんは重たそうだ。歩くのも大変そう」

「大変なんです。寒いと動きが鈍って」

「じゃあ、ゆっくり歩こうか」

なんとなく、言葉が途切れた。二人並んでのんびりと歩いているのが、なにやら奇妙に感じて、亮子はそっと始の横顔を盗み見た。始は機嫌よさげに真っ直ぐ前を向いている。幼い頃は、志野や透子が桑折呉服店に納品に行くときについていき、短い時間だが一緒に遊んだこともある。小学校、中学校と上がっても、始は気さくに、学校で顔を合わせたときには挨拶してくれた。それでも大きくなって一人で留守番できるようになった亮子が店についていかなくなった分、縁遠くはなっていた。

亮子が工房を継ぎ、桑折呉服店を尋ねるようになると、今度は店の番頭と出入りの職人という、どちらかというと遠慮の必要な立場になった。いつのまにか距離がずいぶんと離れていたのだと、亮子は初めて気づいた。

名前で呼んでみると、自分が始がいる場所まで上ってきたのだという不思議な安心感が湧いた。その気持ちで己を振り返ると、今までは、大人になったというのに、いつまでも不安な中学校の家庭科室に佇んでいたような気がする。

「亮子さん」

呼ばれて見ると、始が歩きながら亮子の顔を覗きこんでいた。

「難しい顔をして、どうかした？」

亮子は慌てて首を横に振る。

「いいえ、なにも。その、今日は社長から用件を聞かなかったから、どんな話だろうと思って」

始は「ああ」と言って、表情をやわらげた。

「葛嶋様がいらしてるんだ。多分、新しい注文じゃないかな。前の半襟、本当に喜ばれたから」

亮子は葛嶋と聞いて、一瞬、眉を顰めた。それに気づいた始が心配そうに尋ねる。

「やっぱり、紋様以外の注文は不安があるのかな」

「いえ、そんなこと！　名指しでご注文いただいて、ありがたいばかりです」

刺繡が動き出すかもしれないという不安は薄れていなかったが、白ネズミを縫い上げたことで、いくばくかの自信がついたことは確かだった。雅美には感謝の思いがある。

だが、やはり気は重くなってしまう。

「ただ、また難しいご注文だったらなあ、と、ちょっと……」

語尾をぼかした亮子に、始はそっと囁くように言う。

「俺で力になれることがあったら、言ってね」

始の真面目な表情に優しさが滲み出ていて、亮子は心からの感謝を声に込めた。

「ありがとうございます」

そっと頭を下げた亮子に、始は力強く「うん」と返した。

桑折呉服店の暖簾をくぐり、始が戸を開けてくれた。

「社長、五百津さんがお見えです」

始が奥に向かって声をかけると、すぐに浩史が顔を出した。

「五百津さん。さ、奥へ」

妙に機嫌がいい浩史に首をかしげながら、亮子は帳場を横切っていった。奥の部屋には葛嶋雅美と、もう一人、初めて見る女性がソファに座っていた。二人の周りには色とりどりの反物が積み上げられている。朝一番から店に来て、ありったけの商品を片っ端から見ていたのだろう。品数がすごい。雅美は楽しくて仕方がないという笑顔だが、隣に座っている女性は疲労困憊といった顔色だった。

「おはようございます、五百津さん。お呼びたてしてごめんなさいね」

浩史や亮子が口を開く前に、待ちかねていたのか、雅美が声をかけた。

「いえ、遅くなりまして申し訳ありません」

「そんな、突然ご連絡したのはこちらだもの。来てくださって、ありがとう」

よほど前回の刺繍を高評価してくれたのか、人当たりの良い雅美の愛想が、さらに良くなっている。

「それでね、今日はまた刺繍をお願いしたくて。ああ、この子がお嫁に来てくれる結衣（ゆい）ちゃん。ね、お着物が似合う顔立ちでしょう」

言われて見やると、結衣という四十歳そこそこに見える女性は色白で面長な、ひな人形のような顔立ちをしていた。撫で肩で細身なところも和服が映えそうだと思える。目が合い、亮子は軽く頭を下げた。結衣も黙ったまま会釈する。

「結婚式のお衣裳もなんだけど、そのあと使っていく日常のものも、同じ刺繍で統一したら素敵じゃないかと思って」

そう言う雅美の近くに積まれている反物を見る。真っ白な地模様のない布は白無垢用だろう。その下に着る掛下は綾織物のようだ。あとは金襴の反物と、帯地が白、金襴、ほかに色つきの無地のものが三反。それと落ち着いた色合いの同じく無地の反物が二反と、帯揚げが色とりどりに何枚も。襦袢用の柔らかな布と半襟、足袋は、どこまで買うつもりなのかわからないほど数多く積んである。

この中で刺繍するとしたら、白無垢、色無地の反物と帯、帯揚げだろうか。これは大仕事になる。亮子は気を引き締めた。

「結婚式は半年後を予定してるんですよ。桑折さんに聞いたら、あなたなら白無垢の刺繍も間に合わせてくれるんじゃないかって」

白無垢ならば白い反物に白糸で吉祥紋様を全面に縫うことになるだろう。雅美は有職紋様が好みだと言っていた。白無垢にありがちな鶴や花柄ではなく、古典的な紋様や御所車などの無機物で縫えるかもしれない。

「大丈夫です。和裁士さんとも相談して、必ず間に合わせます」

亮子が自信を持って言うと、雅美は嬉しそうに微笑んだ。

「良かったわあ。それで、お願いしたいのは白無垢だけじゃなくて、結納に使う訪問着もあって、そちらはもっと早い時期になるのよね。日程はまだ正式には決めていないんだけど、ひと月後くらいでなんとかお願いしたいと思って」

亮子が知っている腕の立つ和裁士の仕立てが最速で二日だったことがある。一か月で仕上げるなら、刺繍に二十日ほどはかけられる。訪問着ならば刺繍は裾周りと袖、襟もとに少しずつ。十分間に合うだろう。

「安心してお任せください」

雅美はにこにこと頷くと、テーブルにのっているこまごました布を掻き分けて、一枚の紙を引っ張り出した。

「今回、お願いしたいのはこの絵柄なの」

また日本画が来たかと思わず眉を顰めそうになったが、かろうじて耐え、ポーカーフェイスを保った。雅美が大切そうに大判の封筒から取り出した和紙には、昔の中国風の着物を着た男の子が描かれていた。

「この唐子(からこ)なんだけど。見て、この愛らしい口許。今にも喋りだしそうでしょう」

唐子と呼ばれる子どもの紋様は左右の耳の上の髪だけを伸ばして結び、それ以外は剃り上げた、つるりとした印象の頭部をしている。和紙に描かれた唐子は、目が垂れるほどに朗らかに笑っていた。ふっくらと膨らんだ裾のズボンと、袖がゆったりした上着を細い帯で締めている。野原で蝶を捕まえようと走っている姿にほのぼのするものが、見る人によってはありそうだ。少なくとも、雅美と浩史は好意的に唐子の絵を見つめている。

だが、雅美の隣に座っている結衣は、唐子を見たくないとでもいうのか、自分の膝に視線を落とし、身じろぎもしない。雅美はそれには気づかない様子で、次々と封筒から紙を取り出しては日本画を開帳する。

「訪問着は今の唐子ちゃんでしょう。白無垢はこちらの絵、御所車と松竹梅に菊。地模様は紗綾形(さやがた)を基本にしたらどうかしら。長く続くという意味の縁起の良い紋様だし。あら、紗綾形と言ったら、この半襟とかぶってしまうわ」

早口にまくしたてながら、雅美は積み上げた布を掻き分け掻き分け、どれをどう組み合わせるかと楽し気に悩んでいる。

「うーん、ここにある反物だと組み合わせが今一つかしら。桑折さん、ほかのお品も見せていただける？」

浩史が相好(そうごう)を崩して腰を上げる。

「はい、すぐにお持ちいたします」

「あら、いいわよ。私がそちらに行きます。結衣ちゃん、その間に、五百津さんに絵を見せて差し上げてくれるかしら」

　さっさと立ち上がった雅美を見上げて、結衣は小さく頷いた。雅美はスキップでもしそうな軽い足取りで表の方へ歩いていく。浩史が後を追って行ってしまうと、部屋は急にしんと静かになった。

　結衣はテーブルに目を落として、小さくため息をついた。

「お疲れですか」

　亮子が尋ねると、そっと目を上げて「少し」と小声で答える。また目を伏せて大儀そうに、雅美が置いていった封筒に手を伸ばす。なんだかいやいや触ろうとしているように見えて、亮子は気を使って声をかけた。

「拝見してもよろしいですか？」

「ええ、どうぞ」

　結衣はすぐに手を引っ込めて頷いた。亮子は封筒を取り、中の紙を引っ張り出す。鶴、亀、松竹梅、鴛鴦など、亮子が逃げ出したくなるほど動植物の絵が何枚も出てくる。げんなりしつつ、まだまだある和紙をめくると、先ほど雅美が言った御所車の紋様のほかにも、熨斗や打ち出の小槌、手毬や貝桶など無機物もいくつも出てきた。なんとか雅美を説得して、動植物を縫わなくていいようにもっていけないだろうか。

たくらみを悟られないようにと表情を崩さぬまま、結衣に視線を移す。やはり居心地悪そうに、きょろきょろと視線をさまよわせている。歓迎されている花嫁とは思えないほど卑屈な雰囲気を感じる。なにかこの結婚話には問題でもあるのだろうかと思ったが、人付き合いが下手な亮子では結衣から話を引き出すことなどできはしない。

それどころか、今の居心地の悪い空気をどうやって払拭すればいいのかすら、わからない。だが二人揃って黙ったままでいれば、戻ってきた雅美が好きな絵柄で刺繍を指定してしまう。結衣に動植物を選んでくれないよう、それとなく伝えておきたい。亮子はありったけの勇気を振り絞って口を開いた。

「この御所車の絵、すばらしいですね」

結衣はちらりとだけ和紙に目をやったが、すぐに視線をそらした。

「そうですか。私にはよくわかりません」

突き放すように言われて、亮子は怯んだ。その気配を感じたのか、結衣が顔を上げた。当惑した表情の亮子を見て、慌てて言う。

「すみません、なんだか変な言い方をして。私、あまり着物に詳しくなくて、その絵がなんなのかも、わからないんです」

先ほどまでの暗い表情ではなく、気づかわしげに亮子を思って言葉を選んでくれる様子は、余裕のある大人の対応だ。亮子はそれに合わせなければと気を引き締める。

「この絵は御所車と言って、牛車の絵柄です。牛は描かれませんから、わかりにくいかもしれません。京都の葵祭では今でも使われているのですが」

結衣は愛想笑いとわかる表情ではあるが、笑みを浮かべて頷いた。

「ああ、写真で見たことがあります。優雅ですよね」

「紋様として使われるのも、刺繡する和服を優雅さに溢れるものにするためです。白無垢には、こちらの紋様はおすすめです。気品が出ますし、派手になり過ぎないと思います」

結衣が耳を傾けてくれるので、直接的に勧めてみたが、結衣の反応は鈍かった。

「私には、よくわかりません」

どんな柄が良いのか考えることそのものを拒否しているように感じて、亮子は聞いてみた。

「和柄はお嫌いですか？」

結衣はまた愛想笑いを浮かべる。

「特に嫌いなわけじゃないんですけど。ほら、義母（ぎぼ）が一生懸命にしてくださるから、私なんかが口を挟むのもどうかと思って」

亮子はその言葉に慌てた。結衣が意見を言ってくれないと、雅美の好みの柄を縫うことになってしまう。先ごろ頼まれた白ネズミ、今回の唐子と注文がきたことから考えると、雅美は白無垢にも無機物を選びそうには思えない。松竹梅や、御所車をと先ほど言っていたが、車だけではなく何種類もの花を配した花車（はなぐるま）の地模様にして、かわいらしさを表現するよう求められるのではないだろうか。それはどうにかして避けたい。

なんとか結衣を説得して自分でも縫える絵柄を選んでもらえないかと思案しているうちに、雅美が意気揚々（いきようよう）と戻ってきてしまった。

「どう、結衣ちゃん。柄は決まった？」

結衣は愛想笑いを崩さない。雅美の方に膝を向けて座り直したところなど、そつのない嫁であるように思えた。

「私には難しくて。お義母（かあ）さまのご意見をうかがいたいです」

雅美は嬉しそうに目を輝かせた。

「結衣ちゃんの好きな柄が一番なんだけど……、そうねえ。私はやっぱり、格調高い有職紋様を基本にしていくのがいいと思うのよねえ」

そう言いながら、選んできた半襟を何種類かテーブルに置く。そのうちの一枚に触れながら、打掛用の羽二重の反物と見比べている。

「この幸菱(さいわいびし)の半襟が素敵なの。花菱(はなびし)四つの大きめの菱形の周りを、小さな花菱で囲む感じが家族を表しているように感じない？　両親、祖父母と子どもがたくさんというイメージじゃない？」

一瞬、結衣の頬がぴくりと引きつったように見えた。亮子はそっと結衣の表情を観察する。笑顔を崩してはいないが、疲労が口許に滲み出ているような気がする。開いた唇が小刻みに震えているようにも見えた。

「そうですね、かわいいです。お義母さまのセンスは本当にすばらしいと思います」

「あら、いやだわ」

雅美はころころと笑い出した。

「結衣ちゃんったら、お世辞がうまいわね。でも褒めてくれてありがとう。それじゃあ、半襟はこれ。地模様はさっき言ったとおり、紗綾形でお願いできるかしら」

話を振られて、ぼうっとしていた亮子は慌てて居住まいを正した。

「はい、承りました」

「あとは、結衣ちゃんが嫌いじゃなければ、やっぱり御所車かしらね。我が家まで優雅にスムーズに苦労なく、お嫁に来てもらいたいものね」

雅美は心から結衣を歓迎しているようで、屈託のない笑みを浮かべている。それに応じる結衣は、やはりどこか気まずそうなのだが、浮かれ調子の雅美は、どうやら気づいていないらしい。

「ねえ、五百津さん。御所車を基本にしたら、合わせるのはどんな柄がいいかしら」

まさか自分の意見を聞かれるとは思っていなかったため、亮子の反応が一瞬遅れた。

「五百津さん、どうかしたの？」

「いえあの、そうですね」

亮子は慌ててテーブルの上の日本画の中から、熨斗、短冊（たんざく）、手毬の絵を引っ張り出した。

「こういった、おめでたい紋様がよろしいのではないかと思います。古典柄ですが、それだからこそ変わらないご縁と言いますか、華美になりすぎませんし」

雅美は不服そうに、軽く眉間にしわを寄せた。

「華美にならないというより、少し地味過ぎないかしら。お花を散らしたり、鶴亀なんかもかわいく入れてもらったりできないかしら」

やはり動植物を入れないというのは不自然と思われたかと、亮子は悔しく思いながら、それでもなんとか回避すべく、新しい提案をする。

「それなら、松竹梅を御所車、短冊、手毬に分けて配しましょう。半襟が花菱ですから、あまり派手な花の模様は意匠がかぶってしまいますから」

「あら、そう言われたらそうね。でも、やっぱり地味じゃないかしら……」

それまで黙っていた結衣が口を開いた。

「お義母さま、私、あまり派手ではない方がいいかなと思います。年齢も年齢ですし顔も地味だから、着物に負けてしまうかもしれません」

「そんなことないわよ。結衣ちゃんならどんなお着物でも似合うわ。年齢って言っても、まだまだ若いですよ」

見た目では雅美と結衣は干支が一回りほどしか離れていないのではないだろうかという感じだ。結衣は申し訳なさそうに俯く。

「もう四十歳にもなるのに、若いとは……」

「結衣ちゃんったら。まだ三十九歳じゃないの。そこの一年は大きいわよ」

「そうですか……」

気弱そうな愛想笑いは浮かんだままだが、乗り気ではないことは、はっきりと伝わってくる。雅美の意見に従うというようなことを言ってはいたが、やはり自分の花嫁衣裳。

譲れない部分があったのだろうか。亮子は結衣が花や動物に気を惹かれませんようにと内心で祈りながら、雅美の動向をうかがった。

「そうねえ。結衣ちゃんの好きなようにしてもらうのが一番よね。じゃあ、五百津さんが提案された方でお願いしましょうか」

雅美に尋ねられて結衣は小さく頷いた。顔を上げて雅美を上目遣いで見つめる。

「わがままを言って申し訳ありません」

「なにを言っているの。他人行儀はやめましょう。結衣ちゃんは私たちの家族になるんだから」

雅美は心底から嬉しそうにしているが、結衣はまた愛想笑いで軽く頷いただけだった。支払いの話が始まったために雅美に追い立てられた結衣は、席を外して帳場の方に出ていった。亮子も自分の刺繍の料金だけ伝えると、立ち上がった。

「あの、結衣さんに刺繍の細かいところのお好みを聞いてこようと思うんですけど」

おずおずと申し入れると、雅美は嬉しそうに「そうしてあげて」と軽やかな笑顔で亮子を送り出した。

帳場では、姑が広げられた反物や小物をかたづけているところだった。結衣はその姿を見ているのやらいないのやら、ぼんやりしている。

「結衣さん」

呼びかけると、結衣は静かに振り返った。

「装束のことなんですけど、本当に私のご提案したもので大丈夫でしょうか」

結衣は静かに頷く。

「義母がかまわなければ、それでいいです」

「お義母さまは結衣さんのご希望でとおっしゃってます」

「じゃあ、そのままで」

ぼんやりと答える結衣に、亮子は思いきって尋ねてみた。

「あの、訪問着の刺繍なんですけど、唐子よりほかのものがいいのでは……」

結衣の視線が定まり、しっかりと亮子を見つめた。

「どうして、そう思うんですか」

「ええと……、なんとなく」

自分が縫いたくないからだということがばれてしまわないように言葉を濁す。結衣はそれに気づくこともなかったようで、考え深げに床を見つめた。なにか深く思いに沈んでいるようで、その目は暗く泣きそうにも見える。

「私は、本当は唐子は……」

「結衣ちゃん、お待たせ」

雅美が帳場にやってきて、結衣はぴたりと口をつぐんだ。亮子は、もしかしたら結衣が唐子はいやだと言ってくれようとしたのではないかと、追いすがる気持ちで尋ねてみた。

「結衣さんは、訪問着の刺繍はどういった絵柄がお好みですか」

俯いた結衣は、また愛想笑いを浮かべた。

「私は着物のことはよくわかりませんから。お義母さまのおすすめのものでお願いします」

雅美は嬉しそうな笑顔で、日本画が入った封筒を亮子に、ぐいっと手渡した。

「これを参考に、かわいく刺繍してくださいね。絵のとおりじゃなくていいですよ。広い範囲に縫うとしたら、構図や、唐子のポーズも変わってくるでしょうし」

「え、あ、はい」

雅美の勢いある動きに飲まれて、亮子は封筒を受け取ってしまった。

浩史と姑が並んで雅美たちを見送っている後ろで、亮子は自分の不甲斐なさに唇を噛んでいた。もう少し口がうまければ、なんとか誘導して唐子ではない紋様の注文に変えられたかもしれないのに。ただただ、ぼうっとしているうちに、雅美に言われたとおりに、動き出しかねない刺繍を縫う羽目に陥ってしまった。

ハイヤーに乗り込む結衣の背中を恨みを込めて軽く睨む。唐子は、と言いかけた結衣の表情は、絶対に唐子を歓迎してはいなかった。その気持ちをはっきりと雅美に告げてくれればいいものを、なにを戸惑うことがあったのだろうか。嫁姑の確執を恐れていたのだろうか。

ドアが閉まり、ハイヤーが発車する瞬間、結衣が亮子の方へ振り返り、目が合った。驚いて目を丸くしたが、結衣が見ていたのは一瞬だけで、すぐに視線はそれた。だがなにか、もの言いたげだったことだけは、はっきりとわかった。無言のうちに亮子に訴えたいことがあったのだ。それは雅美の前では言葉にするわけにはいかないことなのだということが伝わってきた。亮子は去っていくハイヤーを、自分の力不足を噛みしめつつ見送った。

刺繍用の反物の量が多いため、始が工房まで一緒に運んでくれることになった。風呂(ふろ)敷(しき)包みを抱えて並んで歩く。気が塞いで言葉もない亮子を、始が時々ちらちらと見ていた。

「亮子さん、大丈夫？」

「え？」

突然、話しかけられて亮子は驚いて顔を上げた。始と一緒だということを忘れるほど、ぼうっとしていた。

「刺繡、もしかして縫いたくない図案があったんじゃないのかな」

亮子は無理やり愛想笑いを浮かべてみせた。

「そんなことないです。お客様のご要望にお応えできるように精一杯やりますから」

ふと、自分の頰にかかっている無理な力を感じた。きっと今、結衣と同じような表情をしている。愛想笑いだとすら言えないほどの作り笑い。口の端を引き上げただけで、目は死んだようにドロリとして見えているだろう。始はそんな亮子の表情を心配げに見つめる。

「無理はしないで」

足を止めた始に合わせて亮子も立ち止まった。もし今、唐子は縫えないと言ったら、始はなんとかして社長である浩史に掛け合ってくれるだろう。雅美にも連絡してしまうかもしれない。それは、桑折呉服店が上得意を一人なくすことになるかもしれない危うい行動だ。しかし優しい始なら、やりかねない。

昔から始は、人のためにと身を粉にするタイプだった。祖母や母に連れられて桑折呉服店を訪れた亮子をあやしてくれたり、遊んでくれたりして、大人が仕事の話をする間、じゃましないように気を配っていた。一歳しか違わないのに、しっかりとした人間性をすでに発揮していた。

　小学校に上がっても、その面倒見の良さは一学年下の亮子のところにまで噂が届くほどだった。だが、そのせいで苦労していたことも亮子は知っている。

　人に言えない秘密を持っている亮子は、幼い頃から人と交わることが苦手な子どもだった。友人も作らず学校を休みがちな亮子を担任教師は持て余したらしく、保健室登校を強く勧めた。教室で浮いていた亮子は、どこにいても同じだろうと、登校したら大人しく保健室に行き、そこから帰宅するようになった。

　教室にいないと逆に、いろいろなことを見聞きした。保健室にやってくる子どもたちの中には、養護教諭と話をすることだけが目的のものもおり、噂話はたくさん聞いた。始のことも、そこで聞いた。クラスの困りごとを、すべて一人で背負ってしまうというような話だった。不登校の生徒への連絡や気配りも相当なものだった。亮子と同じように保健室登校していた一年上の先輩の面倒を見るついでに、亮子のことも気にかけてくれていたのだった。

　人付き合いがまったくできない亮子は、そんな始のことを、自分より一等級上位の人間だと思っている。その人が、自分のような問題を抱えた出来損ないの刺繍士にかかずらっているのは、申し訳のないことだと思えた。

「大丈夫です。縫えると思います」

自信など微塵もなかったが、始の前で「できない」ということは、言ってはいけないような気がした。

工房まで荷物を運んでくれた始に茶の一つも出すべきだったのかもしれないと、始が帰ってしまってから亮子は気づいた。こんなところにも、大人になりきれていない情けなさを感じる。せめて刺繍では迷惑をかけないよう、できる限りの力を尽くそうと気合を入れた。

唐子の絵を文机に置いて、しげしげと眺める。いかにも善良そうな子どもだ。子ども相手に善良も不良もなさそうなものだが、邪気というものがまったくなさそうな素直そうな表情をしている。頬はふっくらして健康そうだし、蝶を捕まえようと両手を宙に差し伸べている様子も愛らしい。もしかしたら、と亮子は思う。もしかしたら、唐子が動き出しても、話せばわかってくれるかもしれない。大人しくしていてくれ、自分は刺繍なのだとわきまえてくれと諭せるかもしれない。そう思えるほどに、唐子はかわいらしかった。

試してみよう。亮子は構図を変えず日本画にあるがまま、そっくりに縫ってみることにした。キャンバス用の木枠では覆えないほど、唐子は大きく描かれている。今回は試作だが、刺繍台を使うことにする。下絵も日本画で使われる白色顔料の胡粉を使って布に写していく。

図引き紙という、ごく薄い和紙を唐子の絵の上に置き、線を写し取る。鉛筆をできるだけ細く削り、日本画特有の筆の動きの繊細さを損なわないように、濃淡まで描き起こそうとするかのように慎重に。

描き終わったら裏書きをする。図引き紙を裏返し、鉛筆の線に沿って胡粉で線を引く。面相筆という小筆で、繊細な日本画の筆致の隅々まで複写しようと、亮子は図引き紙の線だけでなく、下絵も睨むように見直しながら丹念に線を引いた。黒い鉛筆の線の上に白の胡粉がのると、紙はなにごともなかったかのように純白に戻っていく。一度生まれた唐子を隠して、もう一度布の上に立ち現せる作業を続けていると、まるで一つの命を布の上に生き返らせているかのような気持ちになる。

布は訪問着用に預かったものとよく似た藤色の絹布を使う。胡粉が乾くまでに、糸を縒る。

真っ直ぐな絹糸の束から糸をわけて取る。指先で丁寧に、糸が傷つかないように、まるで雪の結晶をつまむかのように、そっと触れる。

わけた糸は本当に細い。ふっと吹けばひらひらと風に乗って飛ぶ。唐子の肌を表すために白い糸を選んだ。窓から差す日の光にかざすと、宝石のようにきらりと光る。この糸がこれから布の上に宿るのだと思うと、なんとも言いようのないほど愛おしく貴重な宝物のように思えて、亮子はうっとりと絹糸に見入った。

唐子の肌は陶器のように滑らかにしよう。指先で触れても糸の一本がわからないほど丹念に縫おう。誰もが驚くものにしよう。亮子はきりっと口元を引き締めると、糸を縫っていった。

刺繍台に開いている穴に、目打(めう)ちという千枚通しのような、キリのような道具を刺し、そこに二本の釜糸をかける。

糸を両手で挟み、左手を擦り上げる。その動作をするとき、まるで祈っているかのようだと亮子はいつも思う。この刺繍がうまくいきますように、見た人を唸らせるすばらしい仕上がりになりますようにと願いを込めているようだ。

準備した糸は縒りがかかったために、布の上に置くと立体感がいや増す。平坦な布の上に立体的な世界を、これから形作っていく。

日本刺繍では、刺繍台も小さくばらしてあるものを、自分で組み立てて使う。馬と呼ばれる二対の木の脚を立てた上に、長方形で穴がたくさん開いた木枠をのせる。太い横木、薄い板状の貫棒、丸い樋棒がそれぞれ二本ずつ。それらを組み立てて、馬にのせる。布目を正しく整えてよれないように樋棒に巻き付け、ぴんと張る。栓竹という留め具で樋棒を動かないように固定する。

横木には穴が開けてある。この穴を使って、布の緯方向を固定する。布の端にかがり糸を通して、横木の穴にくぐらせ、布と横木を縫い合わせるように結び付けていく。ぴんと張った布は冬の弱い日を反射して氷のように輝いて見える。その輝きを消さないままに縫っていく。

準備しておいた下絵を布の上に置き、ずれないように待針で留める。左手は布の下に回して下敷きを当て、右手で下絵を布に転写する。

図案の線の上を爪の腹でこすると、布の上に薄い白線が写る。隅々まで抜けのないように気を付けてこすっていく。待針を抜き、下絵を外す。

転写した線の上を、さらに胡粉と筆を使ってもう一度、はっきりと描き起こす。布の上に白い唐子を写し終わったら、いよいよ縫っていく。

見本の日本画には彩色がされていない。黒い線で輪郭が描かれているだけだ。配色は亮子に任されている。腕の見せ所だと、うきうきしながら縫った糸を刺繍台の側に準備する。

唐子のズボンは生成り（きなり）の白。肌の色とは違う色を表現するため、純白の糸と薄黄色の糸を縒り合わせて、ごく薄い卵色にして使う。上着は朱色、髪は黒。

立体的にするために、糸の縒りの角度をずらして光の反射で陰影を出す。針を刺し、糸を引く角度を変えることで、一色の糸でもさまざまに濃淡を作ることができる。

それだけではなく、唐子のズボン用に糸を合わせて色を調整するようにして、少しずつ色を変え、グラデーションも作る。さまざまな技法を用いて、唐子は布の上に立ち現れていくのだ。

めどに糸を通す瞬間は、いつも緊張する。布と同じように、自分の気持ちもぴんと張るように思う。刺繍台の前で正座して少し前かがみになり、左手を布の下に、右手を布の上に。最初の一針を布の下から入れる。布がわずかに波打つような手ごたえがあり、針が布の上に姿を現す。右手で針を取り、少しだけ斜めに角度を付けて引き、糸を出す。布の裏には糸端に作った玉結びが布の張りを邪魔しないように、ぴたりとくっついている。布の表面に小さく芥子縫いで糸止めしたら、本縫いに入る。

布の下から上へ、上から下へ、針を渡して糸を張る。一針ごとに布の上にふっくらとした世界が生まれていく。唐子のズボンは風をはらんで膨らみ、上着は元気に走り回っているために袖が広がっている。肌はまっ白だが、糸の縒りで陰影をつけたため、頬がつるりと丸いのがよくわかる。髪の一本一本まで見えるほど精巧に縫って、耳のすぐ上で結ってやる。眉は細く黒糸で、口は朱色でかわいらしく。鼻は陰影をつけただけで尖った様子を表した。

そこまでで手が止まる。体を少し引き、全体を見渡すと、元になった日本画と遜色ない出来栄えだと思えた。これならば誰にも文句は言われまい。しかし、まだ目が残っている。亮子は目のない唐子をじっと見据えた。

この唐子は着物の裾模様として入れるつもりで大きめに縫っている。身長三十センチほどの小人と言ったところだ。これに目を縫い入れて、もしも動き出したとしたら、亮子一人で押さえられるだろうか。これほど大きな生き物を押さえつけたことなどない。これが動いて人に見られでもしたら……。

はっとして立ち上がり、土間に駆け下りて戸にカーテンを引いた。部屋の中が薄暗くなる。刺繍は縫いにくいかもしれないが、これで人に見られる心配だけはなくなった。よし、と心の中で気合を入れて座敷に戻ろうとしたとき、かたんと音がした。思わず動きが止まる。無人の工房で亮子以外のものが音を立てるはずがない。

かたん、かたん。ごく小さな音だが、それは木が打ち合わさる音だった。亮子は足音を忍ばせるようにして刺繍台に近づいていく。恐る恐る覗き込むと、唐子が布の上で蠢いていた。糸止めの芥子縫いを引っこ抜こうとしているらしく、両手をぶるぶると振るって暴れている。

目を入れてもいないのに。亮子は膝から崩れ落ちるように座り込んだ。暴れる唐子を、しばらく呆然と見下ろしていると、今度は足をばたつかせ始めた。ズボンがゆらゆらと揺れる。まるでサッカーボールを蹴ろうとしているかのように膝の辺りの布がぐいぐいと引っ張られている。それでも糸止めを解くことはできず、とうとう頭を動かしだした。

ここに来て、やっと亮子は動きを再開した。のろのろと鋏を手に取り、布ごと刺繍を真っ二つにしようと刺繍台に近づける。

「待て！　やめるのじゃ！」

突然の声に顔を上げる。慌てて振り返り、戸を見たが、きちんと閉まっている。

「助けて！」

また声がした。小さな男の子の声だ。見下ろすと、布の上で唐子が口をぱくぱくと動かしていた。

「お願いじゃ、切らないでおくれ」

目もないのに、鋏を知覚したらしい。亮子は頭を抱えて深いため息をついた。唐子はその呼気の音を、亮子の否定の返答と捉えたようだ。先ほどよりもずっと激しく身をよじる。

「いやじゃ、いやじゃ。この世も見ずにいなくなるのは、いやじゃ」

唐子は涙声で訴える。

「せめて目を縫っておくれ。ぬしの顔も見ずに消えるのは寂しいのじゃ」

目のない唐子は涙も流せない。その声がいくら震えていても、寂しさから逃げる術もない。この布の上で生まれ、誰にも見られることなく消えていく刺繍。それは亮子にとっても、どれほど寂しいことか。人に見られるために刺繍はあるのに。

「ぬし、お願いじゃ。せめて一目、光を見せておくれ」

とうとう唐子は声を上げて泣き出した。涙のない泣き声は、せつせつと胸に迫るものがあった。亮子は針を取り、黒糸を通した。右目を縫う。唐子は黙ってじっとしている。左目を縫う。唐子は変わらずじっとしている。もしかしたら、もう動くことはなくなったのではないだろうかと亮子がまじまじと見ていると、唐子がぱちりと瞬きした。

「ぬし、面妖な顔だのう」

「は?」

つぶらな目をした唐子は、目をすがめて亮子を見つめている。

「わしの造り手なら、きっと世にもまれなる美貌の持ち主と思っておったのに」

言葉を切ると、唐子は大仰に、はーっと息をはいた。

「これなら見ぬ方が良かったかのう」

子どもの声で散々に言われ、むらむらと腹が立ってきて、亮子は鋏を振り上げた。唐子は目を見張って「うわあい」と叫ぶ。鋏が布に突き立った瞬間、その勢いに押し出されたかのように、唐子がするりと布の上から抜け出した。平面から出てきた唐子が、ぶるんと身震いすると、全身が立体的に膨らんだ。本当に生きている小人の姿そのままで、袖をふわりとひらめかせて駆けだし、土間に下りる。

「こら、待ちなさい！」

亮子は慌てて追いかけた。唐子は戸を開けようと力を込めているようだが、いかんせん三十センチの子どもに開けられるような軽いものではない。亮子が追い付いて摑みかかろうとしたところを、すいっとかわして、今度は居間の方に駆けていく。

「待ちなさいったら！」

居間に駆けこむと、唐子は卓袱台の向こう側に隠れるように潜んでいた。亮子が右から回り込もうとすると左へ、左へ回り込もうとすると右へと、ちょろちょろと逃げる。唐子と亮子の追いかけっこを黙って見ていた志野が、眉根を寄せて、鬱陶しそうにため息をついた。

「あんたたち、どこかへ行っておくれでないかね。やかましくてしかたないよ」

「うるさい婆だ。ぬしの婆だけあって、醜いのう」

唐子がからかっても志野は知らぬ顔でそっぽを向いた。その志野の代わりを務めるかのように、亮子が腹を立てて卓袱台を乗り越えて唐子に飛びかかる。

「こら、亮子！　行儀の悪い！」

志野に叱られても聞いている余裕はない。亮子は逃げようとした唐子の首根っこを捕まえて引き寄せた。

「放せ、放せ！」

ばたばたと暴れる唐子を両手でしっかりと摑んだが、案外と唐子の力が強く、危うく振り放されそうになる。唐子を畳に押し付けて膝で押さえ、やっと動きを止めることができた。

「重いぞ、重いぞ！　ぬし、太り過ぎだ」

「黙りなさい！」

亮子は唐子をどやしつけて、糸を解こうと唐子の口をつまんだ。

「痛い、痛い！　やめて！」

それでもぐいぐいと引っ張っていると、唐子がほろほろと涙をこぼしだした。

「せっかく生まれてきたのに、せっかく生まれてきたのに」

唐子の涙は絹糸だった。唐子が蚕にでもなったかのように、滔々と糸の涙が生まれ出てくる。今までに見たことがないほどの輝きを見せる純白の糸だ。この世のものとも思えないほど美しい。

「ぬしが縫ってくれたから、この世にやってきたのに。ぬしはわしが嫌いなのか」

亮子はなんとも答えることができず、黙り込んだ。自分が縫った刺繍だ。愛着がないわけがない。だが、この怪異を放っておくことなどできない。

「ぬしよ、せめても情けをかけてくれ。わしは外が見たい。一目でいいから、見せてくれ」

唐子は泣き続ける。畳の上に純白の絹糸がこぼれ落ちて水たまりのようになる。光り輝くその糸は居間の蛍光灯の光を受けて光っているのだが、これが日の光を浴びれば、どれほど美しいだろうかと、亮子はふと思った。唐子の肌も髪も、どれほど輝くことだろうか。その姿を見もせずに糸を解いてしまうのは、いかにも惜しかった。

そっと唐子を抱き上げると、亮子は工房に入っていく。唐子は大人しく、されるがままだ。唐子を窓から見えないところに隠して抱えたまま、窓の外を見てみる。庭に人影などあろうはずもなく、生垣も丈高く、誰かに覗かれる心配もない。それを確認してから、亮子は唐子を窓の高さまで抱き上げた。

「……ああ」

唐子が嘆息した。そのままじっと動かない。どうしたのだろうかと顔を覗きこんでみると、また涙を流していた。

「美しいのう。美しいのう、この世は」

亮子は泣き続ける唐子を、いつまでも抱きかかえていた。


腕がしびれて唐子を畳に下ろすと、唐子はぶうぶうと文句を言った。

「まだ見ていたかったのに、なにをする。ぬしには情け心がないのう。力もないのう。もっと鍛えたが良いのではないか」

「うるさいわね。あんたが重すぎるのよ」

唐子は糸でしかないはずなのに、大きな猫を抱えたかのような重さを感じた。亮子はじんじん痛む腕を振って血流を促しながら、唐子をじっと見つめる。唐子は怯んだようで、唇を尖らせ、そっぽを向いた。

「消える前に、もそっと外を見せておくれ」

亮子は動かない腕の代わりに、足を伸ばして唐子をつついた。

「痛い、痛い。なにをする」

「また、今度ね」

唐子はぽかんと口を開けた。

「今度とは、なんじゃ」

「今度は今度よ。別の機会に」

しばらくぼうっとしたまま亮子を見上げていた唐子は、「今度」という機会までは切られずに済むのだとやっとわかったのか、顔中一杯に笑みを浮かべた。

「ぬし、わしに惚れたな？」

「は？」

亮子は先ほどの唐子と似た表情で、ぽかんとする。

「良かろう。ぬしのことはわしが終生、面倒を見るぞ」

「なに言ってるの、あんたは。刺繍がどうやって面倒を見てくれるっていうのよ」

唐子は神妙な様子で答える。

「少なくとも、ぬしの姿よりは役に立つぞ」

亮子は眉根を寄せて不快気に黙った。その様は志野にそっくりだ。唐子はしげしげと亮子の顔を見上げて言う。

「婆と同じ、不細工な顔じゃな」

「うるさいわね。不細工はあんただって同じでしょう」

「わしは愛らしい童じゃ。ぬしの目は節穴か。見えておらんのか」

「うるさいって言ってるでしょう」

唐子は両の目じりに指をかけて左右に引っ張り、あっかんべーと舌を出した。カチンときた亮子が唐子を蹴とばそうと足を踏み出すと、唐子は居間に向かって駆けだした。亮子も狭い座敷を走り出す。

「待ちなさい！」

唐子は志野に突進していく。

「婆、婆、ぬしの孫がわしを痛めつけようとしておるぞ。なんとかいたせ、なんとかいたせ」

志野は唐子を無視し、狭い居間で亮子と唐子は追いかけっこを繰り広げた。

先に根を上げたのは亮子だ。両足を踏ん張って、肩で息をしていると、唐子はからかうように亮子の足元をちょろちょろと駆け回った。亮子はそれを蹴るふりをしてスペースを開けると、へたりこんでしまう。

「もう運動会には満足したかい」

志野に尋ねられたが、亮子はむくれて返事もしない。

「まったく。赤ん坊のようなものに振り回されて、みっともないねえ」

「これが赤ん坊に見えるの？　私には不気味なおばけに見えるわ」

のそのそと膝で進んで卓袱台に近づき肘をのせ、さらに頬杖をついた亮子を、「行儀が悪い」と叱ってから、志野は続けた。

「自分が生み出したものが化け物だった感想はどうだい」

亮子は部屋の隅で畳の縁を引っ掻いて遊んでいる唐子をじっと見つめた。

「……化け物っていうほどじゃない。そんなにいやなものじゃないわ」

唐子はそんな二人の会話には無頓着で、この世のものに興味津々、あれこれ撫でまわしている。大人しくなった唐子は放っておいても良かろうと判断して、亮子はお茶を淹れて休憩することにした。

「ねえ、おばあちゃん。唐子、どうしよう」

「放っておけばいいんじゃないの。好きに過ごしてるじゃないか」

「そっちじゃなくて、納品する刺繍の方。何度縫っても布から出てきちゃうんじゃ、どうしようもないよ」

志野は横目で唐子を眺めながらいやそうに顔を顰める。

「こんなのが三つも四つもあったら、騒がしくてたまったもんじゃないよ。なんとかしな」

「だから、どうしようかって言って……」

そのとき、工房の方から「ごめんください」と細い声が聞こえてきた。亮子は慌てて立ち上がる。唐子が工房に出ていこうとするのを、すんでのところで襟首を引っ摑んで止めた。志野の方に放り投げて居間の襖を後ろ手に閉める。

「ごめんください」

声はカーテンの向こうから聞こえている。急いでカーテンを開けると、戸を細く開いて結衣が立っていた。意外な訪問客に驚いた亮子の動きが止まる。

「突然すみません。桑折さんに工房がこちらだと教えていただいて伺いました。あの、ちょっとよろしいでしょうか」

「あ、はい、どうぞ。どうぞ中へ」

カーテンを開けると、結衣はコートを脱いで腕にかけてから工房に入ってきた。亮子は先に立って座布団を出し、土間に立ったままの結衣が座れるように座敷の端に置いた。結衣は軽く頭を下げたが腰かけることはなく、俯きがちに、ちらちらと亮子に視線を送る。

「ええと、ご用件は」

尋ねても、結衣は口を閉じたままだ。亮子は困って、意味もなく工房内を見渡した。その視線を追っていた結衣が、刺繡台に張られた藤色の絹布に気づき、やっと口を開いた。

「あれは、お願いしている着物でしょうか」

あれと言って刺繡台に張った布を指さした結衣の視線は、やはり戸惑っているかのように下を向いている。亮子は唐子が飛び出してしまい、糸の一本も残っていない布を背中に隠そうと、少しずつ少しずつ体を横にずらした。

「ええと、まだ試作段階で似たような色の布を使っていまして、お預かりしている反物ではありません。ですので、汚したりしていないのでご安心ください。と言いますか、まだ着手していないわけではなくて、こうやって試作をするのも仕事のうちと言いますか……」

ごにょごにょと言い訳をしているのは、仕事をさぼっていないかと思われているのだろうかという懸念があったからなのだが、結衣はそんなことは気にしていないようで、なにか安心したようにほっと息をはく。心配げだった表情がやわらいで、緊張も解けたようだ。まるで刺繡があったら困ったことになったのだと言いたげだ。刺繡しない方がいい事情ができたのかと、亮子は聞いてみた。

「もしかして、キャンセルでしょうか」

結衣は慌てて首を横に振ってみせる。

「いいえ、違うんです。つい来てしまったんですけど、お断りするつもりではなかったんです。ただ……、気になって」

話しづらそうな結衣に、亮子はまた、座布団を差し出して勧めた。結衣は小さく頭を下げてから半身をひねって亮子の方に顔を向けて腰かけた。多少は落ち着いた様子の結衣に、亮子は尋ねた。

「気になったのは、唐子の絵柄についてでしょうか。日本画と違わないか、私の下絵を見ておきたいとか」

「いいえ。いいえ、違うんです。五百津さんの腕が確かなことは、義母からも桑折さんからも、よく聞いています。そうじゃなくて、本当に唐子紋様に決まってしまったのかと……。もしかしたら五百津さんから絵柄の変更を提案されないかと、その……期待して」

結衣が言っていることがわからず、亮子はただ、首をかしげて耳を傾けるだけだ。結衣はそんな亮子の様子を見て、軽く唇を噛んだ。話そうかどうしようかと迷っているようだった。沈黙が気まずくて、亮子は当て推量で口を開いた。

「刺繍がいやなんですね。でもそれを自分からは葛嶋さんに言えないから、私から断って欲しいということでしょうか」

「断って欲しいわけじゃないんです。刺繍はぜひお願いしたいんです。でも、子どもの絵柄は……」

言い渋って、結衣はまた俯いてしまった。雅美に直接言えないのは、嫁の遠慮だろうか。だが、雅美は結衣をとても気に入っているようだし、刺繍の柄についても結衣の意見を聞こうとしていたように見えた。亮子は、ふと、一つのことに思い至った。

「もしかして葛嶋さんは、結衣さんの意見を聞かないままで日本画を注文していたんですか？　もし結衣さんが他の柄がいいと言ったら、日本画の注文からやり直しになるんですか？」

結衣はためらいがちに頷いた。雅美が用意してきた日本画はかなり腕のいい画家がしたためたものだと思われる。値段もそれなりにするはずだ。反物だけでもかなりの出費のはずだ。亮子が提示した刺繍代金も安くはない。今後、家族として付き合っていくことを考えれば、わがままを言って、さらに面倒をかけるわけにはいかないのだろう。

だからと言って、その問題を自分のところに持ち込まれても困ると亮子は一瞬思ったのだが、よく考えると結衣と亮子の利害は一致している。亮子は唐子を縫いたくない、結衣は唐子を着たくない。雅美に柄の変更を申し入れるのは、やぶさかではなかった。だが結衣の暗い表情には、ただ事ではないなにかを感じた。

「なんで、唐子が嫌いなんですか」

普段なら、他人の事情を気にかけることなどないのに、なぜか聞いてみたくなった。誰がなにを好こうが嫌おうがかまわないと思う人嫌いな性格が、今は鳴りを潜めている。結衣が厭（いと）う唐子が居間にいることも気になった。

「唐子が特別嫌いなんじゃないんです。子どもの絵柄はかわいいと思います。でも、おめでたい絵柄として考えると、気分が沈んできて。唐子というのは、子孫繁栄を願うものじゃないでしょうか」

「そうですね。そういう意味合いを込めることが多いです」

「やっぱり……」

結衣はぎゅっと両のこぶしを握った。

「半襟の刺繍の白ネズミも多産の願掛けなんですよね」

「願掛けというか、まあ、そんな感じではあります」

「やっぱり、義母は私に子どもを産むことを望んでるんですよね」

「お孫さんの顔を見たいという気持ちは、あるのかもしれませんね。子孫繁栄を願っていないとは思えないです」

結衣の目が揺れた。唇も小刻みに震え、今にも泣き出しそうだ。

「私、子どもは産めないかもしれないんです」

ぽつりと独り言のように呟く。亮子は黙った。

「高齢出産になるからリスクが高いし、そもそも妊娠しにくくなっているかもしれない。それに……」

結衣は顔を上げて亮子を見た。目が真っ赤だった。

「五百津さんは、ご結婚は？」

「していません」

「じゃあ、妊娠の経験も？」

「ありません」

結衣はまた顔を伏せた。

「私、流産の経験があるんです。今度の結婚は二度目で、一度目のときには妊娠していたのに、職場で激務が続いて。それがいけなかったんです。お腹が大きくなる間もなく、お腹の中の子どもはあっけなく死んでしまった」

昔を思い出しているというより、今、目の前で起きたことを語っているかのような切実な語り口だった。亮子は口を挟むこともできず、ただ、黙って聞いている。

「今度も、そうなるかもしれない。私はどうしても仕事を中途半端にしたくないから。妊娠と仕事なら、仕事を取ってしまう」

結衣はとても辛そうだ。

「だから、子孫繁栄を願われても、叶えてあげられないかもしれないと思って。こんなに良くしてもらって、それで子どもが産めない嫁だとわかったら、どれだけがっかりさせてしまうか」

俯いた結衣の表情は見えない。だが、今にも泣きそうな目をしているのだろうと、人嫌いな亮子にさえわかる声音だった。亮子はぽつりと呟く。

「結衣さんは、葛嶋さんのことが好きなんですね」

驚いたように結衣が顔を上げた。亮子は続ける。

「葛嶋さんを悲しませたくないって思ってるのは、それだけ大切に思っているからでしょう。だから、葛嶋さんが望んでいる刺繍の柄を変えて欲しいって言えなかったんですね」

結衣は胸の中を覗くかのように深く俯き、しばらく考えていたが、小さくこくりと頷いた。

「大切な彼を産んで、愛情をこめて育ててくれた人です。そんな義母の願いを聞き入れることが、私にはできないなんて言えなかった。できれば孫の顔だって見せてあげたい。だけど、子どもを望まれるのが負担なんです」

和服は長く保つ。一生ものの買い物だ。手入れさえきちんとすれば、世代を超えて使い続けることだってできる。もし唐子の訪問着で嫁入りして、子どもがいないまま一生を過ごすとしたら、唐子の着物を着続けることは苦しいことなのかもしれない。

亮子は子どものことなど真面目に考えたことがない。まだ若いからというよりは、興味がまったく湧かないのだ。それは父の顔を知らずに育ったことと関係あるのかもしれないと思う。

「わかりました」

亮子は立ち上がると、小簞笥から祖母が自筆で書いた刺繍の図案集を取って結衣の前に置いた。

「代わりの図を選んでください。私から葛嶋さんに提案します」

結衣はじっと図案集を見つめるだけで、手を伸ばさない。

「選べません」

結衣の目から涙がこぼれた。

「義母を傷つける覚悟ができません」

亮子は頷く。

「だから、ここへ来たんですね」

「ごめんなさい」

結衣は深々と頭を下げた。

「今の話、忘れてください。唐子でいいんです」

そう言うと、結衣は涙をぬぐって立ち上がった。亮子は結衣が静かに戸を開けて出ていくのを黙って見ていた。結衣は言うべきことをすべて話した。強制されたわけでも、お願いされたわけでもない。それでも亮子は結衣がひっそりと願っているとおりにしてやりたい気持ちになっていた。

母親になるということが、どれだけ喜ばしいことなのか、亮子は知らない。だが、一度知った喜びを根こそぎ失くしてしまうことが、どれほど辛いことなのかは結衣の姿がよく語っていた。その上に、近くにいる人を悲しませることになるという現実までついてくる。考えただけでも胃がキリキリ痛んだ。

結衣がやってきたということは、雅美はすでに家にたどり着いたのだろう。電話をかけよう。そう思い立ち上がって、電話番号を知るためには、まず桑折呉服店に問い合わせねばならないことに思い至った。浩史になんと言って雅美の電話番号を聞き出すのか。まさか正直に結衣の身の上話を語るわけにはいかない。しばらく腕組みして考えたが、なにをどう話していいやらわからない。唐子は縫えないと、それだけを言えば、わがままを言うなと小言を言われ、電話を切られるだけだろう。一人では答えが出ない、祖母に相談しようと居間の襖を開けると、唐子がころんと転がり出てきた。

「わ！　なに？」

唐子はころころと転がり、部屋の真ん中ですっくと立ち上がった。

「聞いたぞ。ぬしは唐子を縫わんのだな」

「そうしたいけど」

いぶかしげに答えた亮子に、唐子は破顔して言った。

「よくぞ言った！　ぬしの腕は、他の唐子などを縫うためにあるのではない。ぬしにはわし以外の唐子などいらぬのだ。もっと良い題材を縫えばいい」

唐子がなにを言い出したのかと首をかしげる。亮子の不審の表情が見えていないのか、唐子は胸を張って持論を展開する。

「古今東西、吉祥紋は数々あるのだ。なにも子だくさんばかりを願うことはない」

亮子は眉根を寄せた。

「あんた、盗み聞きしていたの？」

「盗みなどしない。聞いていただけだ」

「隠れて聞くことを盗み聞きって言うの。そういうの、プライバシーの侵害だから。人の秘密をぺらぺら喋ったら承知しないからね」

「おお、怖い、怖い。ぬしの顔は鬼より怖い」

唐子はそう言うと、居間に駆け戻った。後についていくと、唐子は志野になにごとか耳打ちしていた。

「こら！　話したらだめだって言ったでしょう！」

叱りつけると、唐子は志野の後ろに隠れてしまった。志野が苦笑交じりに言う。

「そんなに怒るところを見ると、本当なのかと思ってしまうよ」

「秘密の話なんだから忘れてよ、おばあちゃん」

「ああ、そうだね。そりゃあ、こんな話は恥ずかしくて、とても人様には聞かせられないねえ」

志野の言い様に首をかしげて、亮子は聞いてみた。

「なにを聞いたの？」

「あんたが今もおねしょしてるって話さ」

啞然として口がぽかんと開いた亮子の表情を、志野の陰から顔を突き出した唐子が指さして笑う。腹を抱えて転げまわる唐子を蹴とばそうと足を伸ばしたが、間一髪、唐子はまた志野の後ろに隠れた。

「おばあちゃん、そいつをこっちに寄越して。むしってやるから」

「いやだ、いやだ。婆、わしをくれてやるな」

双方の言い分を志野は黙って聞き、そうしておいて双方を完全に無視した。

「おばあちゃん！」

亮子が呼んでも、志野は石仏のように動かなくなってしまった。唐子も身を潜めて静かにしている。仕方なく、唐子のことは放っておいて、電話をかけに廊下に出た。

居間から玄関まで真っ直ぐに通じる廊下は暗くて寒い。昔づくりのこの家は、どこか黴臭（かびくさ）いようで、その上に肌寒い。夏は過ごしやすいのだが、冬になると屋内だというのに手足がかじかむこともあるほどだ。特に廊下は裸足では歩けないほどに冷え切る。そんな廊下を、うっかり裸足のまま居間から出てきてしまった亮子はぺたぺたと歩く。今は、ちょっとの寒さから逃れるためだけに、志野や唐子の顔を見に戻る気にはなれない。

亮子が産まれたときから変わらずある黒電話の受話器を上げる。熟知している桑折呉服店の番号をダイヤルする。

電話の表面に取り付けられた円盤の0から9まで開いた穴に指を入れて、右へ回す。ジーという音がしてダイヤルが入力される。コロコロという音を立てて円盤が元の位置へ戻る。ジー、コロコロ。ジー、コロコロ。ジー、コロコロ。電話が嫌いでスマートフォンはおろか、携帯電話も持たない亮子にとって、電話をかけるということは、このジー、コロコロという音を聞く苦行の時間を意味した。この音が止まったら、電話の向こうに人が立つ。不機嫌かもしれない。だまし討ちに会うかもしれない。亮子はいつもびくびくと受話器を耳に当てる。

「桑折呉服店です」

ダイヤルを回し終えてから何秒もしていないのに、相手が出た。思わず、ひゅっと音を立てて息を吸ってしまった。

「あれ、亮子さん？」

一言も声を発していないのに問うてきたのは始の声だ。亮子は胸を撫でおろし、ほうっと息をはいた。

「どうしたの……、って、ああそうか。緑川(みどりかわ)様がそちらに行ったんだね」

「緑川？」

「緑川結衣様。葛嶋家にお嫁入りされる方の名前だよ」

「ああ……」

「なんだか、切羽詰まったような様子だったからって、社長が亮子さんの了解ももらわずに住所を教えてしまったそうだけど、大丈夫だった？」

「え、はあ。まあ」

「なにか、不都合があったなら謝ります。こちらでできることは承るから、遠慮せずなんでも言って」

思わず、亮子は結衣から聞いた話をぺろりと零しそうになった。だが、プライバシーは守らなければならない。とくに、亮子が聞いた話は取り扱いに注意しなければならない類の情報だと思えた。

「不都合はなにもありませんでした」

「そう。なら、良かった。今、社長は留守にしてるんだけど、俺で良ければ用件を伺うけど」

浩史が居らず、始が用件を聞いてくれる。これはまたとないチャンスだ。亮子の目がきらりと光った。

「実は、お願いしたいことがあるのですが」

「うん。刺繡の図柄のこと？」

始はなんでもお見通しだ。少し怖くなったが、亮子は続ける。

「はい。やっぱり、私、動植物は縫えません」

電話の向こうで始が苦笑した。

「亮子さん、ものには言い様ってものがあるんだよ。亮子さんの話し方は、少し直球過ぎるよ」

「そうでしょうか」

「そう。『縫えません』ではなくて、『もっと縫いたいものがあります』って言ってみたらどうだろう。イメージが変わらない？」

そう言われたら、全然違うような気もした。だが。

「それはごまかしっていうんじゃないですか」

亮子は歯に衣着せぬ物言いで、本心をぶちまけた。

「縫えないものは縫えないんです。縫いたいものは、それはいろいろあります。けど、縫いたくて今は縫わないものと、ただ縫えないものって違います」

始は黙っているが、受話器越しに、確かに聞いていてくれているという雰囲気が伝わってくる。

「私は、唐子を縫えません」

受話器から、ぷっと噴きだした音が聞こえた。

「始さん？」

「亮子さんは頑固だなあ。まさに職人気質だね。わかった、縫えないんだね。それで、唐子がだめで、どうするの？」

「葛嶋さんと相談したいんです。電話番号を教えてもらえませんか」

快諾してくれると思ったのだが、始は「うーん」と唸って考え込んだ。

「お客様の情報を、勝手に知らせるわけにはいかないんだ。個人情報だから、取り扱いには留意してる。そうだね、葛嶋様に連絡して、もしよければそちらに電話してもらうようにしようか」

「それって、ご迷惑ではないでしょうか」

始は優しい声音で答えた。

「迷惑そうだったら、こちらで謝っておくよ。だから亮子さんは、のびのび刺繍をして欲しい」

本当に心からの言葉だと感じられて、亮子は頭を下げた。

「ありがとうございます」

「じゃあ、今から電話するから。もし断られたら、うちから折り返すからね」

「ご面倒をおかけします」

「なんのなんの。おまかせください」

始はふざけた調子で電話を切った。ツー、ツーと通話が切れたことを知らせる信号音が受話器を通して聞こえる。黒電話は通話が終わっても、ぷつりと相手との距離を遮断しない。今、そこにあった優しい声を反芻するための時間をくれる。亮子は受話器を耳から離さぬまま、しばらくそこに立っていた。

「ぬしの脚は大根のようだのう」

突然、足許から聞こえた声に驚いて一歩下がる。いつの間に寄ってきていたのか、唐子が亮子の脚をつんつんとつついた。

「運動が足りぬのだ。このままだと大根が蕪（かぶ）になってしまうぞ」

亮子は腹立ちまぎれに唐子を蹴とばしてやろうと足を繰り出したが、唐子はまたもや、すいっと避けた。

「剣呑（けんのん）、剣呑。うまくいかなんだ恋路をわしのせいにするのは、やめや」

「恋路？」

いぶかし気に眉間にしわを寄せた亮子に、唐子はにやにやと笑いかけた。

「誤魔化さずともよいではないか。そのなにやら黒いものをぎゅっと握って、遠い目をしておったではないか。その黒いものは思い人のよすがか？　それを胸に抱いて叶わぬ恋を嘆いておる姿だったぞ。ぬしも乙女時を生きておるのじゃ。恋の一つや二つは恥ずべきものではない。もっと誇って婆にも話してやれば良い」

「なによそれ！　乙女時なんて言葉はないから！」

亮子はわなわなと震えて受話器を叩きつけるように置くと、両のこぶしを強く握った。

「照れておる、照れておる」

「違う！」

亮子は叫び返しながらも、頬が火照るのを感じた。なぜ、こんなに体温が上がるのかわからない。得体の知れぬ苛立ちを唐子にぶつけるべく、身をかがめて両手を伸ばした。

「わーははは、わーははは」

唐子はするりと亮子の手から抜け出すと、馬鹿にしたような笑い声を上げて廊下を走り、居間に入っていく。一人、廊下に取り残されて、亮子は途方に暮れた。確かに、唐子に指摘されたとおり、受話器を握って戻せなかったのは普段の自分の行動とは思えない。いつもなら一刻も早く電話を切りたくて仕方ないのに、今日は違った。なぜだろうと考えて、相手が始だったからなのではないかと、ちらと思い当たった。それ以外に理由はなさそうだが、そうではないと強く否定したい気もする。もしかしたら、電話が苦手だということを克服したのかもしれないではないかと無理やり思う。

きっとそうだと自分に言い聞かせたところに、電話のベルが鳴った。驚いてびくっと体を揺らした。ジリリリ、ジリリリ、と二度鳴ったところで驚いた勢いのままに電話に飛びつき受話器を上げた。

「もしもし！」

勢い込んで言うと、電話の向こうで息を飲んだ感じが伝わってきた。一瞬の沈黙があったが、亮子は緊張してなにも言えない。

「あの、五百津刺繍工房さん？」

その声は葛嶋雅美のものだった。亮子は予想と違う相手に落胆しつつ、今度は気を張って話さねばと一瞬で気持ちを切り替えた。姿勢を正し、九十度に腰を曲げたお辞儀をする。

「このたびは、大変にお手数をおかけして申し訳ありません！」

しばらく無言の時が過ぎた。大人の対応をしようと、相手の出方をうかがっていた亮子は、辛抱できずに口を開いた。

「あの……」

「ああ、ごめんなさい。あんまり元気がいいから驚いてしまって」

電話の向こうで雅美がくすくす笑う。

「桑折さんから、あなたが話したいことがあると聞いたの。もしかして、いえ、もしかしなくても唐子の刺繡のことよね」

急に空気が変わった。電話越しに、雅美に真っ直ぐに見据えられたような気がして、亮子は怯んだ。

「違ったかしら」

「いえ、そのとおりです」

電話での会話が苦手だという意識に飲まれずにしっかりと言いきれたのは、結衣の涙を思い出したからだった。

「申し訳ありません。私は唐子を縫えません」

「そう。では、なになら縫えるの」

意外な返しがきて、亮子はとまどった。きっと雅美は以前のように、笑い飛ばすだろうと思っていたのだ。

「有職紋様でおめでたい柄を全面に配するというのはいかがでしょうか。時代を選びませんし、選んだ紋様ごとに気持ちを込めることができます」

「そうね、そうでしょうとも」

まさか雅美が肯定してくれるとは思っていなかった亮子は、二の句が継げず黙り込んだ。

「でもね、私はいや」

まさかの言葉に、亮子は思わず嚙みつくように受話器に向かって叫んだ。

「なんでですか！　どうして有職紋様じゃだめなんですか。同じように思いを込められる柄がたくさんあるじゃないですか」

食い下がる亮子に、雅美は軽い調子で答えた。

「だって、唐子の方がかわいいもの」

それは、論理的だとか協議するだとかをねじ伏せる力を持った答えだった。

「かわいいものが好きなの。結衣ちゃんもよ。彼女、海外からの輸入おもちゃの販売店で働いてるの。子どもが大好きなのよ。だから、唐子が似合うと思ったの」

「でも、結衣さんは……」

言葉に詰まった亮子は、どこまで結衣の話を伝えていいものかと迷った。全部ぶちまけてしまえば楽だろう。だがきっと、結衣にとっては、誰彼に話してもいい内容ではなかったはずだ。では、なぜ自分に聞かせたのだろう。

ふと思い至った。なぜ。妊娠も、結婚すらもしたことがない自分に。それは自分を同性、女として見ていたわけではなく、一人の職人として見ていてくれたということなのではないだろうか。

「私は」

亮子ははっきりとした声で言う。

「唐子は縫えません。もっと結納に相応しい古典的な紋様にしましょう」

「だめ」

亮子よりもはっきりと、雅美が答えた。

「だって、かわいいでしょう、唐子。おめでたいとか、そういうことじゃなくて。かわいいものに身を包んで、結衣ちゃんにはうちに来て欲しいの。大好きなものに囲まれてね」

「それって、結衣さんが子どもが好きだからってことですか」

「そうよ。言ったでしょう、結衣ちゃんはおもちゃ屋さんで働いているの」

きつい声音になっていた雅美が、微笑んでいるような声を出す。

「息子が結衣さんと結婚したいと言ってきたとき、本当に驚いたのよ。九歳も年上で、離婚歴がある女性だって言うじゃない。反射的に反対したの」

雅美はきっと、微笑をたたえているだろう。そんな声だった。

「でも、彼女に息子と別れてくれって言うために、輸入おもちゃの店に行ったとき、結衣ちゃんが子どもに向ける笑顔がとても輝いていて。ああ、こんな笑顔で息子の話を聞いてくれるのかって思ったら、もう声はかけられなかったのよ」

そこで雅美は話をやめた。雅美にはこれ以上話すことはないのだと、はっきりとした意思表示だ。亮子はなにも言えなくなってしまった。

「じゃあ、お願いするわね」

雅美はそう言うと、亮子の答えは聞かずに電話を切った。雅美の気持ちはわかった。結衣の気持ちもわかる。だが、二人どちらの思いも同時に叶えることはできない。

結衣は最終的には唐子で良いと言って帰っていったのだ。刺繡の注文主は結衣ではなく雅美だ。雅美の依頼を優先するのが当たり前だ。

だが、そうしたくないのは、自分が唐子を縫いたくないという気持ちがあるせいなのではないだろうか。これは逃げなのでは。

亮子はふるりと首を振った。違うと自分に言い聞かせるように強く思う。これは結衣のためだ。唐子ではなく他の絵柄を縫おう。そう決めて工房に戻った。

出しっぱなしにしていた図案集を開き、結婚祝いに使われる紋様をいくつか探してページをめくってみる。七宝（しっぽう）紋様、薬玉（くすだま）紋様、鳳凰（ほうおう）、鶴亀。雅美を黙らせるためにはかわいらしいものがいいだろう。亮子は試しに鴛鴦（おしどり）紋を縫ってみることに決めた。

基本の絵柄は図案集にのっているもので良い。写実的なものではなく、抽象化された雌雄一対の紋様だからだ。鴛鴦は夫婦和合（ふうふわごう）の象徴として結婚祝いにはよく使われる。小さな水鳥の姿は、とてもかわいらしい。

「ぬし、唐子を縫うのか？」

いつの間にやってきたのか、唐子が亮子のひざ元にうずくまって、心配げに亮子の顔を見上げていた。

「縫わないわよ」

亮子が、唐子はなにを言いたいのかと、いぶかしみつつ答えると、唐子は嬉しそうに笑った。

「そうかそうか。ぬしにはまだまだ唐子は難しいか」

「そんなわけないでしょう。縫えないんだったら、あんたはここにいないでしょう」

「ふふん」

唐子は亮子に背中を向けてみせた。

「見てみよ。この尻から出た糸を。縫い終わりの始末もできておらぬではないか。ぬしいの」

「それはあんたが無理やり布から出てきたときにほつれたんでしょう。人のせいにしないの」

カチンときた亮子は顔を背けながら答えた。

「自分の不手際を認めねば、立派な大人になれぬぞ」

の手が拙い証拠じゃ」

「私はもう立派な大人です。邪魔だから、あっちへ行って」

「怒った、怒った。わーははは」

唐子は楽し気に踊りながら居間へ入っていく。亮子はその後ろ姿を見てため息をついた。あんなものをまた作り上げるわけにはいかない。やはり紋様を縫って、それで押し通そう。そう決めて、試し縫い用の布に図案を写し始めた。

縫いなれた鴛鴦紋様はすぐに仕上がった。いつもは小物に使う小さな布に縫っているため、小柄の鴛鴦ばかり縫っていた。今日は訪問着の裾用に、向かい合った雌雄一対の鴛鴦を三十センチほどの円形に収まる程度の大きさに縫った。落ち着いた茶の羽毛がつややかだ。満足げに眺めていると、ふと一点に目が留まった。水面下にあって見えないはずの足が見えている。足など縫った覚えはない。そう思った瞬間、雌鳥が羽ばたいた。

「うわ！」

今まで一度も鴛鴦紋が動いたことなどない。抽象化された紋様は動かないはずだ。だが、眼前で確かに雌鳥は体をくねらせている。雄鳥の方も翼を広げて伸びをしだした。どうして、なんで、今までは大丈夫だったのに。亮子は軽いパニックを起こし、居間に飛び込んだ。

「おばあちゃん、どうしよう。私、もう紋様も縫えなくなったのかもしれない」

志野はいつもどおり、のんびりとした表情で「座りなよ」と短く言った。亮子は座っている余裕などなく、今にも地団太を踏みそうなほど焦っていた。

「刺繍が縫えなくなったら、どうしたらいいの」

「落ち着きな。あんた、心が乱れてるんだよ」

「だって、しょうがないじゃない。みんながバラバラのことを言うんだもの。唐子を縫えとか、縫うなとか」

亮子は謎の罪悪感を覚え、言い訳を続ける。

「私だって縫えるものなら動物も、木や花も縫いたいよ。だけどできないんだもの、仕方ないじゃない。誰も好きでこんな力を身に付けたわけじゃない。生まれつきなんだもの」

志野は黙っていて、聞いているのかいないのか、わからない。

「どうやったってできないことを、どうしろって言うのよ。おばあちゃんには当たり前にできることだろうけど、私には難しいの。動物を縫うって、すごく怖いの」

「ぬしは怖がりだのう」

志野の後ろに隠れていた唐子が顔を出した。

「たかが鳥ではないか。それもたった二羽。羽をむしってやれば、しまいじゃ」

亮子は軽く唐子を睨む。

「生きた鳥の羽をむしるって、残酷だとは思わないの」

「あれは刺繡じゃ。生きておらん」

「じゃあ、あんたは……」

思わず口に出しそうになった「むしられても平気なの」という言葉を、亮子は飲み込んだ。唐子が真面目な顔で亮子を見つめている。

「ぬしは考え過ぎなのじゃ。あほの考え、休むに似たりじゃ」

「誰が、あほよ。ねえ、おばあちゃん。聞いてる？」

志野は軽く息をはくと、唐子の尻の糸を引っ張ってみせた。

「心の乱れは糸に出るんだ。しっかり自分の心と向き合いな」

そう言って、志野はまたむっつりと黙り込んだ。これ以上はなにも話してはくれないと、師匠の指導法を熟知している亮子は諦めて工房に戻った。

鴛鴦は布の上を泳ぎ回っていた。二羽揃って右に左にと気持ち良さそうに動いていく。時には羽ばたきなどもする。

「心の乱れは糸に出る……」

呟いて布に目を近づけた。動き回るので見づらいが、確かに鴛鴦の羽毛は、あちらこちらで縒れて、汚れたような鈍い色になっている。亮子は待針を取ると、鴛鴦のくちばしの側に突き刺し進行方向を変えさせた。右に行けば右に、左に行けば左に針を突き立て、次第に鴛鴦の行動範囲を狭めていく。二羽が動けないほど狭い包囲網を敷いて追い立て、元の位置に押しやった。

縫い針に持ち替えて、縒れている糸をつついて縒りを戻す。完全には戻らなかったが、光沢は良くなった。鴛鴦の夫婦は暴れるのをやめ、亮子が縫ったとおりの姿で布の上に収まった。鋏を取り、糸止めした部分を切って、糸をほぐし解いていく。鴛鴦は大人しく糸に戻った。

その糸を丁寧に伸ばし、縒りをかけ直し、もう一度、鴛鴦を縫う。布の下の左手で針を押し上げ、右手で受けて糸を引く。糸の通りを確認して真っ直ぐになるように針を布の下に返す。一針一針を慎重に確かめながら縫っていく感じは、幼い頃の、毎日の手習いを思い出させた。

亮子の異能を見て以来、母、透子は亮子に針を持たせなかった。だが亮子はどうしても刺繍がしたくて、しばしば工房に忍び込み、勝手に針をいじっていた。そのたびに危ないからと透子からきつく叱られたが、それでも亮子は諦められなかった。

それを見ていた志野が亮子に付き添い、刺繍を教えた。動植物でも図案化されたものならば縫えるということも、志野が何度でも、亮子が縫い上げた動くものたちを解いてくれたから知ることができたのだ。志野がいなければ亮子は今、針を持ってはいなかっただろう。

動かない鴛鴦が縫い上がり、亮子は、ふうと息をはいた。心の奥に沈んでいた思いの糸の束をすべて掬(すく)い上げたような気分だった。鴛鴦は整然と並んで、おりこうにしている。図案よりも写実寄りに縫ったのだが、動き出して羽ばたくこともない。これならば、今のように心を乱さなければ、唐子も縫えるのではないだろうか。すぐに試したくなって、文机に向かった。

雅美から預かっている日本画の唐子そのままではなく、少し動きを出してみる。駆けだそうとしている瞬間を表現してみたい。なぜかそう思った。下絵を布に写し、強く縒りをかけた太めの糸で唐子の服をふんわりと仕上げる。少し細い糸で肌を滑らかにつるつるした感触にする。髪はまるで一本一本生えているかと見えるように糸目を整えて縫う。細い目は上機嫌に笑っている。

出来上がった唐子は、まるで生きているかのようだった。亮子はしばらく見つめていたが、動く気配はない。次第に満面に笑みが浮かんできて、思わず立ち上がった。

「よし、仕上げよう」

「仕上がるのか？」

布の中から声がした。縫い上げたばかりの唐子が口をもごもごと動かしている。

「お前なんぞに刺繍ができるのか」

憎らしくガラガラした声で、亮子を嘲る。

「自分の気持ちも見えないお前に、ものを作る才能なんてなかろうよ」

せっかく普通に縫えたと思ったのにと気落ちした。だが、それよりも、布の上でこちらを見ては、細い目をさらに細めて薄ら笑いを浮かべる刺繍に強い怒りを感じ、亮子は布を睨みつけた。

「自分の気持ちくらい、わかってる。余計なお世話よ、黙りなさい」

刺繍は「へへへ」と馬鹿にしたように笑う。

「わかってたら、なんだっていうんだ。わかってることと見えることは違うってことくらい、知ってるんだろうなあ」

　刺繍がなにを言っているのかわからず、亮子は黙り込んだ。

「知らないのか、知らないのか。なるほどなあ。さすがだなあ」

「なにがさすがなのよ」

「化け物を生み出すしか能がないお前に、作りだされては、すぐに消されるやつらはかわいそうだよなあ。やつらの気持ちも見えてないんだからなあ」

「刺繍に気持ちなんかあるわけないでしょう」

　ゲタゲタ笑い出した刺繍に、亮子は恐怖を覚えた。いったい、なにを知っているというのか。なぜ自分は責められているような気分になるのか。自分に理解できない話を、もうこれ以上、聞きたくない。刺繍が自分に牙をむくなどと、あってはならないことだ。

亮子が道具箱から糸切り鋏を取ると、刺繍が笑いながら叫んだ。

「助けてくれえ、切らないでくれえ」

「うるさい！」

　鋏を首に突き立てて、頭を真っ二つに切り裂いた。白い糸がはらりと舞って、ばらばらと布の上に散らばる。なぜか呼吸が速くなっていた。苦しいほど息を吸っているのに酸素が足りていないような気がする。ぜえぜえと荒い息をはいていると、居間の方から声がした。

「ぬし、わしも切り裂くのか」

見ると、唐子が襖の陰から片目だけを覗かせて小さく震えていた。

「わしのことも切り捨てるのか」

つぶらな瞳に見つめられて、唐子からも責められているような気持ちになった亮子は、そっと目をそらした。

「切られたくなかったら、静かにしていて」

唐子は音も立てずにどこかへ姿を隠した。

桑折呉服店に行こう。どうやっても唐子を縫うのは無理だ。亮子は靴を履き、工房を出て鍵を固く閉めた。

なぜか地に潜りそうなほど気持ちが沈んでいた。刺繍が嘲笑って言ったことは当たっているのかもしれない。自分には刺繍の才能などなく、だからこそ縫った動植物は布から逃げ出そうともがくのかもしれない。祖母の刺繍は布の上で満足そうに生きている。けしてこちらの世界に逃げ出そうとしたりしない。それは祖母が刺繍を布の上に縫い付ける才能に溢れているからなのではないか。

「縫い付ける才能って、なによ。刺繍はもともと縫うものじゃないの……」

自分の考えを自分で否定して、亮子はとぼとぼと歩き続けた。

桑折呉服店の暖簾をそっと上げて店内を覗きこむ。店頭に人影はない。しばらくためらっていたが、夕暮れの寒さが身にしみて手がかじかみ、ようやくガラス戸を開けた。

音で気づいたのか、奥から姑が出てきた。

「亮子さん、いらっしゃい。どうしたの？」

いつもどおり明るい姑の声に、亮子はほっと肩の力が抜けるのを感じた。

「あの、社長は？」

「出かけてる。帰りは夜になる予定だけど」

「そうですか……」

浩史に会ったら頭を下げよう、それだけを考えてやってきたので、留守かもしれないということを失念していた。

「葛嶋様と話したんだね。唐子を縫うことになったの？」

亮子は姑の顔をじっと見つめた。いつもと変わらぬ、優しい目をしている。亮子は黙ったまま、こっくりと頷いた。

始は亮子を帳場の上がり框に座らせると、熱い緑茶を淹れてくれた。すっかり冷え切っていた体が芯から温まり気持ちがほぐれていく。始は自分のためにも一杯、お茶を淹れていた。亮子と並んで一休みという体だ。亮子は温かいお茶を見下ろして口を開くことができずにいた。一度引き受けた仕事を断る職人を使い続ける余裕が桑折呉服店にはないだろうことには薄々、気づいていた。売れ筋の商品を縫える職人でないと、市場価値などないのだと亮子は思っている。そして、そういう職人に、自分は逆立ちしてもなれっこないのだ。

「縫えないんです」

ぽつりと口から言葉が漏れ出た。始は黙って亮子の横顔を見つめた。

「動物も植物も縫えないと言って甘えて、ご迷惑をかけていることは承知しています。でも、唐子はどうしても無理なんです」

亮子は横目でちらりと始の方を見た。始は変わらず優しい表情で亮子を見ている。目が合い、気まずくて、さっと視線をそらした。

「どうしても無理っていうのは、下絵も描けないということ?」

率直に尋ねた始に、亮子は申し訳なさげに答える。

「下絵は、お預かりしている絵を写すだけですから。布に転写して、下縫いもしました。もう少しで仕上げというところまでは縫えたんですけど……」

できないということを、こんなに詳しく話したことはなかった。いつも浩史には制作内容など説明しようとすらしない。それが今日は話さずにはいられない心境なのは、自分が縫った刺繍から罵られたショックがあったからなのだろうか。

「どうしても仕上げができないんです。紋様ならこんなことはないのに」

亮子が俯いて黙ってしまうと、始が頭を下げた。

「無理を言って申し訳ない」

「え、そんな……。謝らないでください。私が縫えないのが悪いだけですから」

始は心底からの謝罪なのだろうと思える低い声でぽつぽつと呟く。

「これは俺の考えだけど。本当はこちらからの注文ではなくて、亮子さんには好きなものを好きなように縫って欲しいんだ。その方が亮子さんにとって自然で、のびのびとした刺繍ができるんじゃないかと思う」

始が言うところの、亮子自身の自然な状態がどういうものかわからずに、首をひねった。その視線を受けて、始は自分の思いをできるだけ言葉にしようと、真っ直ぐに前を向いて考え込む。

「亮子さんの刺繍は、完成したら終わりではなくて、持ち主とともに成長していくような気がするんだ」

始が膝の上で組んだ手を、亮子は見つめた。きれいに切り揃えられた爪に目が行く。

反物を傷つけないために気を付けているからだろうか、やや深く切られて、指先が丸く柔らかそうに見える。

「持つと大切にしたくなる。大切にすれば、応えてくれる。そんな不思議な力があるように思う。ほかの作家さんにはない、亮子さんの作品だけの特徴だよ」

亮子は始が言うことが信じられずに眉根を寄せた。

「私の刺繡にそんな力なんかありません。ほかの作家さんにないところと言ったら、縫えないものだらけということだけです」

始の口の端が少しだけ上がった。笑ったような、悲しんだような、複雑な表情だった。

「葛嶋様も亮子さんの刺繡じゃないとだめだとおっしゃってるよ」

雅美の名前が出て、亮子は申し訳なさに下を向いた。

「期待していただいたのに、なにもできなくてすみません」

「本当に、なにもできないのかな」

ぽつりと始が言った。亮子は答えることができない。

「亮子さんにお願いする仕事で一番多いのが、家紋入れだろ。代々伝わっていく大切なものだ。格式的に言えば、刺繡で入れた家紋は書き紋より格が低いと言われている。それでも、亮子さんの刺繡を見て、格なんてどうでもいいから、ぜひ縫い紋でと言われる方がいるのは亮子さんも知ってるはずだよ」

和服の取り扱いが変革している昨今、家紋による格付けも自由度を増している。一番格調高いと言われるのが染め抜き紋。着物を仕立てる前、反物の状態で家紋を染め抜く。その次に上げられるのが石持ち入れ紋。仕立てる前に紋が入る位置を白く染め抜いておき、縫い上がってから描き入れる。その二つより格が低いと言われる、もっともカジュアルなものが縫い紋で、刺繍で家紋を入れるものだ。これも染め抜き紋と同じで、反物の状態で家紋を縫い入れる。

「縫い子さんも、亮子さんの縫い紋だと喜んでくれる。背中心（せちゅうしん）を安心して合わせられるって」

着物の背側は二枚の布を縫い合わせてあるものだ。体の中心になる位置で縫い合わせた線を背中心と呼ぶ。家紋はその背中心を真ん中に配置する。反物の状態では左右半分ずつにわけて刺繍しておいて、着物を仕立てるときにその二つをぴたりと縫い合わせる必要がある。

「亮子さんの刺繍だと、寸分たがわず合うそうだよ。まるで最初から一つの刺繍だったように継ぎ目もわからないって」

着物制作は分業体制なので、亮子が完成した状態の着物を見ることはほとんどない。

反物に刺繡をすると桑折呉服店に納品する。反物はそこから次の縫いの職人のところへ運ばれていく。そのため、亮子が直接、客の顔を見ることなど今回の雅美が初めてだし、その特別な対応からはどれだけ期待されているのかがわかる。だからかえって、刺繡を縫えないことへの罪悪感が強い。

「実は、亮子さんの刺繡のファンは多いんだよ。刺繡なんて格が低いと言って敬遠していたお客様が亮子さんの刺繡を見て、初めて家紋を縫い紋にしたことがある。その方は、その後、何着もリピートして注文されている。和装が初めてだという若いお客様が、店頭にかけていた亮子さんの刺繡が入った帯を見て入ってきてくれたこともあったよ」

一介の職人である亮子がそんな話を聞くのは初めてで、にわかには信じられなかった。優しい姑がおだてて大げさに話を作っているのではないかと怪しんだ。姑はそんな亮子の気持ちを見透かしたようだが、笑顔は変わらなかった。

「亮子さんの初期の作品を今も大切に使っている人を知ってるよ。青海波(せいがいは)と松の図案の『春の海』って亮子さんが呼んでいた刺繡の布で作った名刺入れ」

青海波というのは、紋様の一種で、何重もの円を切り取った、バウムクーヘンの一切れのような模様をいくつも並べ、積み重ねて波を表現したものだ。どれだけ縫っても動き出すことがない、亮子が安心して縫える紋様の一つだった。芥子縫い、相良縫い、まつり縫い、基本的な刺繍の技法のどれを使って縫っても、それぞれの良さが出る。

「あれは今回のものとは、違うものだから……」

青海波も松の紋も動き出さないから、と言ってしまえればどれだけ楽だろうか。始は亮子の秘密を知っているように思う。それでいて黙っていてくれるようなのだ。だからと言って、自分が引き起こす怪異を表立って口にしたくはなかった。

亮子が黙ってしまうと、始もなにか考え込んだようで、ぼんやりと視線を宙に浮かせた。

「縫えないのは、悪いことだけじゃないんじゃないかな」

亮子が言葉の意味がわからず首をかしげると、始は立っていき、壁際の箪笥の奥から反物を一つ取ってきた。

「これは透子さんの作品だよ」

驚いた亮子が目を丸くする。始は静かに巻いてある反物を広げた。

「総刺繍の羽織になる予定だったんだけど、お客様からキャンセルが入ってね。刺繍も途中でストップしたんだ。それで反物がうちに戻ってきた。普段なら糸を抜いて中古として扱うこともある。だけど、あんまり刺繍が見事だったから保存してあるんだ」

広げられた反物の上には、鮮やかに咲く藤が縫い込められていた。そのところどころに空白の部分が点々とあり、反物の布地が見えている。始はそこを次々と指さしていく。

「ここには蝶が入るはずだった。でも、入れそびれた。まるで蝶なんかどこにもいなかった。そういう風に見えるよね」

亮子はじっと空白を見詰めた。言われたとおり、そこにはただ布地が見えているだけだ。始は淡々と続ける。

「画竜点睛を欠くっていう言葉があるけど、透子さんの刺繍はまさにそれだと思うんだ。この蝶形の空白が埋まらないと、完成したとは言えない。でも、亮子さんの刺繍はそうじゃない」

始は懐から小さな名刺入れを取り出し、亮子に差し出した。

「これ、春の海……」

「じつは、俺が買ったんだ。店頭に並べる前に一目惚れしちゃって。それでここ、ここが一番気に入ってる」

始が指さしたのは、青海波が一部欠けた鳥の形の空白地帯だった。

「千鳥の形だよね。この空白がある状態で納品されたら、うちの社長は普通なら突き返すよ。けど、これは亮子さんが縫っているところを見て、ぜひと言って買い取った。この空白が竜の目にあたるんだろうけど、それがなくても完成品だと社長が認めたんだよ。

この空白は、透子さんの蝶とは違う。ここには確かに千鳥がいて、飛び立っていった跡だと思えるんだ」

千鳥を縫おうと、確かに思っていた。かなり抽象化された図案だから大丈夫だと思い、縫ってみたのだ。だが千鳥は飛び立ち、窓から逃げ出した。慌てて追いかけると、隣の家の飼い猫が千鳥を捕まえてぐちゃぐちゃに噛み裂いてしまっていた。人に見られずに済んだことを安心した半面、猫を恨む気持ちがあったことを覚えている。その恨みがこもった刺繍を浩史が欲しいと言ってくれて、救われたような気持ちになったものだ。さらに、その刺繍、春の海を始が大切に使ってくれている。そのことが、自分の刺繍を恐れる気持ちを揺さぶり、柔らかく解きほぐした。

「ありがとうございます、始さん」

名前を呼ばれることにまだ慣れないようで、始はくすぐったそうに笑った。

「そうだ、唐子のことだけど。途中まで縫えるっていうことは、仕上げでつまずくっていうことなのかな」

「そう……ですね。そういうことになるのかもしれません」

「問題が仕上げだけなのなら、ほかの刺繍士さんに頼んで、手伝ってもらうという手もあるよ」

とんでもない、と思わず亮子は叫びそうになった。自分の刺繍の仕上げを他人の手に渡すことなど考えられない。

「私の刺繍は私のものです。私が仕上げます」

そう口に出すと、本当にもう唐子の刺繍を縫い上げることしか考えられなくなって、早々に立ち上がった。やる気を出した亮子を見て、姑は嬉しそうな笑顔を浮かべた。

「完成品を楽しみにしてるよ。がんばって」

店の外まで見送られて、亮子は意気揚々と工房へ向かって歩き出した。


「お前の刺繍の腕前なんてこんなものなんだよ」

布の上の刺繍に嘲笑われるのも、もう五度目だ。縫っては切り、縫っては切りして、いくつかの図案を試してみたが、どの唐子も動き出しては憎まれ口を叩いた。五度目の刺繍は口すら縫っていないのに喋りだした。

「刺繍を仕事にできているのも、婆や、母（かか）のおこぼれにあずかっているだけだろ。お前の力じゃないだろ」

亮子は疲れ果てて、もう言い返す気力もない。

「ほら見ろ、わしを見ろ。なんともひどい有り様だ。目もない、影もない、これでは物（もの）

の怪ではないか」

　また切ってしまおうと鋏を手にすると、目がないのに見えているのか、ぶるぶると震えだした。

「切るのか、わしを切るのか。なんという冷酷なやつ。自分が産んだくせに、切り捨てるのか」

　脅えて身を竦めるその首に、鋏を入れて体を真っ二つに切る。断末魔など聞こえないのに、なぜか叫び声が耳にこだまする。何度も何度も繰り返し、聞こえなかったはずの声は亮子の心に突き刺さった。その、針でついたような痛みが過去の傷をえぐり出すような気がして、亮子は鋏を握り締めて顔を伏せた。

「ぬし」

　呼ばれたのは幻聴かと思ったが、確かに膝に触れるものがあり、そっと目を開けた。唐子が心配げに亮子を見上げていた。

「ぬし、もうやめい。辛そうではないか」

　亮子は唐子の手を払いのけた。勢い余った唐子は、すとんと尻餅をついた。小さな唐子には強すぎる力だったと慌てた亮子は、手を伸ばして引き起こそうとしたが、唐子は身をよじって逃げた。

「悪かったわよ、叩いたりして」

唐子は黙って亮子を見上げると、やっと聞こえるか聞こえないかの小声で囁いた。

「ぬし、頭を下げて婆の知恵を借りてはどうだ」

「おばあちゃんは、一度黙ったら、もうそのことに関しては助言をくれないのよ」

「だが、婆は心配しておったぞ」

「え？」

亮子の膝元に寄ってくると、唐子はちょいちょいと手招きして、耳を貸せという動きをしてみせた。亮子が身をかがめると、唐子は口の脇に手をあてて囁く。

「唐子の絵を描いておった。卓袱台の側の箪笥にしまってある」

「嘘でしょう」

半信半疑で尋ねると、唐子は先に立って居間に向かう。襖のところで振り返り、亮子を手招いた。

「早（はよ）う、来い」

促されるままに亮子は居間に足を踏み入れた。志野がちらりと亮子の顔を見やる。

「また虐殺してきたんだね」

「虐殺って。人聞きの悪いこと言わないでよ。ただ、刺繍を切っただけよ」

言葉だけは威勢が良いが、声は弱々しかった。

「だいぶ参ってるみたいだね」

「そんなことないよ」

「工房を継ぐって言ったときの勢いはどこへいったんだい。私一人でやってみせるって啖呵（たんか）をきったじゃないか」

亮子はその日のことを今も鮮明に覚えている。祖母は亮子が工房を継ぐことに、ずっと反対していた。儲かる仕事ではないし、和服が日常着ではなくなってしまった現代、この先の保証は誰にもできないからだ。しかし、その日、亮子ははっきりと言い切った。

「私が工房を継ぐ。刺繍をすることでしか、私は生きられないの」

そう言って、工房の仕事をすべて受け継いだ。志野もその日のことを覚えているのか、遠い目をしている。

「刺繍を捨ててりゃ、もっと気楽に生きられただろうに」

「そんなこと言わないでよ。まるで今が地獄みたいじゃない」

「似たようなもんだろう。たしか、自分で積んだ石を自分で蹴倒して、また積む。そんな地獄の責め苦があっただろう」

亮子は小首をかしげた。

「積まれた小石を蹴倒すのは、鬼だったんじゃないかな」

「そうかい。私ももう耄碌してるから、忘れちまったねえ」

亮子は急に申し訳ない気持ちになった。工房を継がなかったら楽だったのは、志野も一緒だ。いや、志野の方こそ辛い思いをしているに違いない。一人立ちすると言ったのに、甘える気持ちが亮子にあったから、志野は動けずにいるのだ。

「おばあちゃん。私、やっぱり工房を畳もうかな」

志野は答えない。

「桑折さんにも迷惑かけてばっかりだもん。きっと私が辞めたら、ほかの刺繡士さんが、仕事が増えたって喜ぶよね」

「人様の心の中を勝手に決めつけて悪者にしたてるのは、おやめ」

「悪者になんてしてないよ。ただ、普通のことを……」

志野はぴしりと音がしそうなほど硬い声で言う。

「普通の人間はね、人からおこぼれをもらうことを喜んだりしないんだよ。表面的には平気なように見えるだろう。けどね、心の底にはいつまでもしこりが残る。あんたがそのしこりになる覚悟があるっていうなら、反対はしないよ」

志野の言葉を、俯き、泣きそうになりながら亮子は聞いている。

「桑折さんに迷惑だって思うなら、受けた仕事くらいは、きちんとやりな。なにもかも投げ出すなんて、恩知らずもいいところだよ」

「……でも、どうしたらいいの。何度縫っても、動いちゃう。それもなんでか、悪意に満ちてるみたい。私のなにが悪いのかな」

「ぬしはなにも悪くないぞ」

唐子がやってきて亮子の膝によじ登る。

「あやつらは、飢えておるのだ。楽しいことに飢えておる。わしもそうじゃった。だから外に出てきたのだからな」

亮子は当惑した様子で唐子を見下ろす。

「だから、あまり嫌ってやるな。あやつらも辛いのじゃ」

唐子の声は切実なものを含んでいる。亮子が縫った唐子は、皆同じ顔をしている。同じ下絵から写しているのだから当たり前なのだが、その当たり前に、亮子は初めて気づいた。ここにいる唐子も、亮子を嘲笑った唐子も、別のものとして見ていた。なんなら別人と思っていた。小さな小さな人だ。ただの刺繍とは思っていなかったのだ。自分が縫った刺繍は、それだけ特別なものだった。

「あんた、私が嫌いじゃないの？　中途半端な出来で放り出した私のこと、嫌ってないの？」

「なんで嫌うものか。ぬしはわしの親のようなものではないか」

唐子はそう言って、亮子の腕を優しく撫でた。血の通わない糸でできた唐子に触れられているだけなのに腕の辺りが温かいように感じて、亮子も唐子の頭を軽く撫でてやる。小さな子どもを床に下ろすと、力強く立ち上がった。

「もう一度、縫ってみる。今度はやれそうな気がするの」

そう言って工房に足を踏み入れた亮子は、しかし一刻もせずに、すぐに駆け戻ってきた。

「おばあちゃん、やっぱりだめ！　あいつら、絶対に私のことが嫌いだわ」

泣き言を言いながら、卓袱台の前にどすんと座る。その勢いに驚いた唐子が、びくっと身を竦めて志野の後ろに逃げ込んだ。

「今度はなにをされたって？」

「服を脱いでデベソを見せるのよ。私はそんなもの縫っていないって言っても、勝手に決めつけて」

志野は口の端で苦笑した。

「そりゃ、あんたが縫ったんだ。すべて、あんたの責任さ」

「そんなあ。おへそまで面倒見れないわよ」

亮子の泣き言を志野は無視することに決めたらしい。そっぽを向いて、膝に乗せた唐子の頭を撫でてやる。

「ねえ、おばあちゃん。ねえ、おばあちゃん。ねえ、おばあちゃん。ねえ……」

「うるさいねえ。なんだい」

甘えた声を出す孫娘にほだされて、志野は口を開いた。

「どうやったら、唐子を縛り付けられると思う？」

志野の膝の上で、唐子が竦みあがった。

「わしを縛ってなにをするつもりじゃ！」

「あんたのことじゃないわよ。今、縫っている方。どうやったら動かなくさせることができるかな」

志野はわざと見せつけるように、深いため息をついた。

「後ろ姿なら、あんたがいるかいないか見えなくて、黙るかもしれないよ」

「そうかな。あいつらなら、私の目を盗んで振りかえるくらいのことはすると思うんだけど」

「目を盗んでするなら問題ないだろう」

「大ありだよ。納品したら、和服に仕立てられるんだよ。着ている人が見ていない隙にポーズが変わったりしてたら、大問題だよ。それに、葛嶋さんは白ネズミのときもそうだったけど、目にこだわるから、後ろ姿で目がないと、また怒り出すかも」

「後ろ向きが自然な構図にすればいいだろ」

「そんな構図ある？」

祖母と孫の会話を、唐子は、はらはらした様子で見上げている。志野がいつ亮子を叱りつけるかと怖がっているようだが、志野は声を荒らげることなく、箪笥から一枚の半紙を取り出した。黙ったまま亮子の手に押し付ける。

「これ……、凧揚げ？」

志野はむっつりと黙り込むと、動きを止めた。亮子は黙ったまま深く師匠に頭を下げると、受け取った下絵を手に、工房に戻る。

糸を切って解いたまっさらな布の上に、唐子が暴れ出さないよう、空に上がった凧から先に縫っていった。遠く高く上がっていることを表すために、小さな凧と大きな凧を対比する。凧から伸びる細い糸、凧の側には図案化された雲紋を配した。

凧糸を握る小柄な唐子と、それを見守りつつも凧揚げに興じる少し体の大きな唐子。二人が楽し気に凧揚げに集中しているのが後ろ姿からでもわかる。唐子たちはよほど凧揚げに満足しているのか、振り向こうとすらしなかった。試しに針先でつついてみたが、まったく反応はない。亮子は大きく息をはき、くたりと畳にへたりこんだ。

「やるではないか、ぬし」

声を追って顔を動かすと、最初に縫った動く唐子が、仕上がったばかりの凧揚げする二人の唐子を覗きこんでいた。

「こやつら、まったくもって楽しそうじゃ。これなら満足して大人しくしておるよ」

「そう。あんたのお墨付きなら、本当に大丈夫なんでしょう。良かった」

そう言って、ぱたりと畳に倒れ込み、思い切りうんと手足を伸ばした。

練習でうまくいった刺繍は、本番ではもっと技が冴えた。唐子たちはまるで生きているように見え、凧は風に揺れているように見えた。訪問着の袖と襟もとには、唐子が遊び飽きないように独楽(こま)と吹き流し、風が止まらないように、風が吹き下ろす山並みを配した。

納品に行くと、浩史が店の前でやきもきした様子で亮子を待っていた。

「ああ、五百津さん。早く、早く」

「どうしたんですか」

亮子が抱えてきた風呂敷包みを奪うように受け取ると、浩史は店に駆けこんだ。そのまま奥の部屋に入っていく。浩史と入れ違いに奥の部屋から出てきた始と目が合った。始は亮子を小さく手招いた。亮子は帳場に上がり、始の側に寄って行く。

「緑川様がキャンセルに来られてるんだ」

「え！　なんで……」

始は小さく首を横に振った。わからないという意味らしい。

「なにも話してくれないんだ。行って、聞いてみてくれないかな。女性同士なら話しやすいかもしれない」

接客のまねごとをしなければならないと思うと、一瞬、怯んだ。だが、自分の刺繍を、それも自信を持てる出来のものを、見もせずにキャンセルされるのは納得がいかなかった。浩史の後に続いて奥の部屋に入る。

「とにかく、完成品だけでも見てみませんか」

浩史が結衣に声をかけているが、結衣はぴくりとも反応せず、黙って俯いている。キャンセルということを翻すつもりはないように見えた。

「どうして、見てくれないんですか」

亮子が尋ねると、結衣がそっと顔を上げた。

「五百津さん……」

それ以上、言葉が出ないまま、結衣は顔を伏せた。浩史が困り果てたという表情で亮子を見やる。亮子は強い視線を結衣に向けた。

「やっぱり、唐子がいやなんですか」

結衣は黙って首を横に振った。俯いたまま「ごめんなさい」と小声で言うと、立ち上がる。亮子は結衣を通さないようにと出口に立ち塞がった。

「理由を聞かせてください。あなたは唐子の刺繍でいいと言ってくれました。なぜ今になってキャンセルなんですか」

結衣の視線が泳いだ。逃げ出したいと思っていることが手に取るようにわかったが、亮子はがんとして動かない。根負けした結衣が口を開いた。

「私、結婚をやめたんです」

浩史が思わず「なんで」と呟いた。

「すみません」

結衣が亮子の脇をすり抜けようとしたが、亮子は両手を目いっぱいに伸ばして道を塞いだ。

「せめて刺繍を一目見てください。あなたのために縫ったんです」

亮子はテーブルの側に膝をつくと、浩史から風呂敷包みを取り返し、結び目を解き反物を取り出した。黙り込んだまま、テーブルの上に長く広げていく。仕立てる前の反物に刺繡しているため、柄は飛び飛びに現れてくる。独楽が見え、少し巻き取ると、吹き流しが見える。結衣は、じっと刺繡を見つめた。亮子は手慣れた動作でくるくると反物を繰り、唐子の刺繡にたどり着いた。亮子は手を止めて、結衣の目をじっと見据えた。

「かわいい……」

結衣がぽつりと呟く。

「とってもいい子たちみたいですね。凧も、独楽も、吹き流しも、質の良いものに見えます。私には、もったいない」

そう言って、結衣は刺繡から視線をそらした。

「もったいなくなんかないです。葛嶋さんがあなたのためにって……」

「それが、もったいないんです。私には出来過ぎた結婚話だったというだけです。きっとこの着物は、葛嶋家で買い取ってくれます。彼女は、そういう義理堅い女性ですから」

亮子は結衣の言葉をどうでもいいものと思って聞いていた。買い取るだとか義理人情だとか、そんなものは掃いて捨ててしまえばいい。

「あなたは、この刺繡を気に入ったんですか？」

結衣はなぜか申し訳なさそうな表情で、こくりと頷いた。亮子は反物を巻きなおして立ち上がると、結衣に差し出した。

「持って行ってください。私が支払いますから」

「なんで……」

「この刺繍はあなたのために縫ったんです。葛嶋さんのためでも、桑折社長のためでも、ほかの誰のためでもない。あなたのための刺繍です」

結衣はじっと亮子を見つめている。

「ほかの誰にも身に着けて欲しくない。それくらいなら、燃やしてしまいます」

亮子の本気の気迫に気圧されて、結衣が手を出し反物を受け取った。

「持って行ってください」

もう一度、繰り返した亮子に、結衣は小さく頷いてみせた。その姿から、反物を着物に仕立てることがないだろうことが、はっきりわかる。室内には諦めの空気がどんよりと溜まった。

その後、一言も話すことなく、姑によってきちんと包まれた反物を大事そうに抱きかかえて結衣は帰っていった。浩史が途方に暮れたという表情で、結衣が出ていった戸をぼんやりと見ていた。

「社長、反物のお支払いの方法なんですけど」

亮子が声をかけると浩史は振り返り、情けない表情のまま口を開いた。

「五百津さん、正気か？　客に反物をおごってやる職人がどこにいるっていうんだ」

「ここにいます」

なにも言えなくなってしまった浩史に代わって始が尋ねた。

「どうして、そこまでして緑川様に刺繍を渡したかったの？」

「私が縫ったものを誰かに邪険にされるのは我慢できないんです。葛嶋さんは買い取ってくれるかもしれない。でも、結婚を目の前にして逃げていった嫁に着せる予定だった着物を着たいとは思わない。それどころか、見たいとも思わないでしょう。きっと箪笥の奥にしまい込んで忘れてしまうに決まってる。そんなことのために縫ったんじゃないんです」

始は亮子の頑固さが現れた眉間のしわを見て、軽いため息をついた。

「あの反物が日の目を見ないのが許せないんだね。でも、緑川様も仕立てないんじゃないかな」

「仕立てようと仕立てまいと、私には関係ありません。持つべき人が持っているなら、それでいいんです」

亮子の後ろで、浩史が呆れたような声を出す。

「職人さんの考えることは、よくわからないよ。でもまあ、買い取ってくれるなら、うちでは大歓迎だ」

姑が咎めるような視線を浩史に向けた。

「社長、それはなんというか、阿漕(あこぎ)じゃないですか」

「そんなこと知らないね。五百津さんと一緒だよ。職人には職人の、商売人には商売人の譲れないものがある。義理人情じゃ商売はやっていけないんだよ」

亮子の前で内輪の話をしつつ、浩史は書類棚の前から動かない姑を押しやって、普段は番頭に任せっきりの帳場仕事に手を伸ばす。社長が自ら亮子との売り買いを書き留めるべく、出納長を準備しだした。

そこに電話がかかってきて、動かない姑の代わりに浩史が受話器を取る。

「桑折呉服店でございます。あ、葛嶋様！」

驚きすぎたらしい浩史の声が一段、大きくなった。

「はい、いらっしゃいました。ええ、そのように伺いましたが……。反物は緑川様がお持ちになりました」

電話の向こうで雅美が尋ねているのは、亮子がたった今目撃した、この件のあらましだろう。浩史の返答を聞くだけで、雅美がなにを尋ねているのかよくわかった。

「え、もう一反？　しかし、緑川様は結婚はやめたと。え？」

そこまで言ったところで浩史は受話器を握り締めて「もしもーし、もしもーし」と大きな声で呼びかける。しかし電話は切れているようで、しばらく見ていると、静かに受話器を置いた。

「切られちゃったよ」

ぽつりとこぼした浩史に、始が尋ねる。

「もう一反って、もしかしてご注文をいただいたの？」

「そうだ。また同じ唐子の刺繍も入れて欲しいと」

いぶかしげに眉根を寄せた亮子に、浩史が座るようにと手ぶりで示した。

「今から葛嶋様がいらっしゃるから、同席してくれないかな」

なにが起きているのかわからぬまま、亮子は頷いた。

雅美はきっかり三十分でハイヤーを店の前に乗りつけた。いつもの派手な服装ではなく、部屋着のまま出てきたのかと思うほど質素な佇まいだ。

「結衣ちゃんは、いつ帰りました？」

浩史が挨拶しようと口を開くよりも早く、雅美が尋ねる。

「一時間ほど前です。駅の方へ歩いて行かれましたが」

始が答えると、雅美は後を追おうというのか、店を出ようとした。

「結衣さんはもう駅にはいないんじゃないですか、時間が経ってますから」

亮子が言うと、雅美は足を止め、そこにいることに初めて気づいたというように、亮子に目をやった。

「五百津さん。あなた、もしかして知ってる？　結衣ちゃんが結婚したくなくなった理由。あなたの工房を訪ねたって聞いたけど、なにか話していなかった？」

雅美は必死な様子だ。花嫁に逃げられた花婿が慌てて探し回るならわかるが、姑になる女性が駆けずり回るというのはなにか奇妙で、亮子は雅美と腰を据えて話をする気になった。

「いろいろお話ししました」

「どんな話？」

「すごくプライベートなことです」

亮子がちらりと視線をやると、始が気を利かせて二人を奥の部屋に案内してくれた。

そのまま帳場に戻っていく始の背中を見送って、亮子はソファに腰かけた雅美に向き直る。

「それで、結衣ちゃんは、なんて？」

「子どもを望まれるのが負担だと。産めないかもしれないからと」

雅美は思い当たるところがあったようで、暗い表情になった。

「ほかには？」

「妊娠と仕事なら仕事を取るとおっしゃってました」

雅美はソファの背に体を預けて脱力した。片手で額を押さえて、後悔を噛みしめているかのように顔を顰める。

「そんなこと、もっと早く言ってくれたら。気にしないでくれたら良かったのに」

そこで雅美は絶句してしまい、室内の空気がどんよりと曇ったように感じた。しばしの沈黙の後、雅美は姿勢を変えずに亮子に尋ねた。

「結衣ちゃんは、どこに行くとか言っていなかった？」

「いえ、そんな話はしていません。もしかして結衣さん、お家に帰っていらっしゃらないんですか」

雅美は黙って頷いた。

「もう、何日も。息子が心当たりを探し回ってるけど、どこにも。私、結衣ちゃんを連れ回していたから、それがいやだったんじゃないかと思って責任を感じていたんだけど。

本当にそうだったのね」

「結衣さんはいやじゃなかったと思いますよ」

　力なく雅美が尋ねる。

「どうして、そう思うの？」

「お孫さんを楽しみにしている葛嶋さんを悲しませたくなかったから、唐子の刺繍がいやだと言えなかったって言っていました」

「そんなことを……」

「私も聞きたいことがあります」

　雅美はぼんやりと亮子に目をやった。

「また反物と刺繍を注文したのはなぜですか？　結衣さんは結婚をやめたと言っていたのに」

「結衣ちゃんに考え直して欲しかったの。反物を持って行ったって聞いたから、もう一度最初から花嫁衣裳を整えたいって。ああ、それもいらないお世話だわね。こんな風に気を回すから結衣ちゃんは居づらくなったのに」

　顔を覆って俯いた雅美は泣いているのではないかと思うほどに落ち込んでいる様子だった。亮子には、そんなふうになるほど結衣を嫁にと欲しがる理由がわからない。亮子は人を好きになるという感覚がわからないまま、今までの人生を過ごしてきた。人は通り過ぎていく波のようなもの。いつかは消えて忘れ去ってしまうもの。雅美は違う考えを持っているのだろうか。もっと話をしてみたいと思った。

「なんで結衣さんがここに来たとわかったんですか」

「今日、唐子の刺繡の反物が入荷するって聞いていたから、結衣ちゃんに一緒に見に行きましょうって言っていたのよ。だから、もしかしたらここに来たかもと思って電話をしてみたの」

「行き違いになりましたね」

「もう少し早く気づいていれば、間に合ったかもしれないのに。私はいつもどんくさいの」

雅美は結衣のことを一言も悪く言わない。自分ばかりを責めている。その姿勢は結衣と共通するところがあるように思えた。

「葛嶋さんと結衣さんは似ていますね」

雅美がふいっと顔を上げた。不審げに眉を顰めている。

「私が結衣ちゃんみたいな美人に似ているわけないじゃない」

「考え方がそっくりな気がします。あと……目元も」

亮子が、外見も褒めなくてはと無理やりに類似点を探したことを雅美は感じ取ったようで、くすくすと笑いだした。

「ありがとう、私も美人になった気がするわ。でもそうね。考え方は似ているのかも。すごく話が合うのよ」

「葛嶋さんだったら、婚約者から離れようと思ったら、どうしますか」

雅美は驚いた様子で亮子の顔をまじまじと見た。

「それを聞くのは、私と結衣ちゃんが似ているから？」

「はい。葛嶋さんが思う場所を探してみるのもいいかと思います」

「私なら……」

亮子は考え込んだ雅美をじっと見つめる。雅美は宙に視線をさまよわせて真剣に考えていた。

「実家には帰らないわ。職場にもしばらくは行かない。友達には話しにくいし。二、三日ホテルにでも泊まって、覚悟を決めて婚約者のところにお別れを言いに……」

がたんと椅子を鳴らして雅美は立ち上がった。

「まさか、うちに？」

「結衣さんは、きちんとお別れを言うような方なんですか」

雅美はしっかりとした瞳で頷いた。

「問題をうやむやにして逃げ出すような人じゃないわ。自分のせいで人が傷つくのが嫌いな人よ。婚約破棄の決着はきっとつけようとするわ」

それは亮子も感じていたことだ。なにかことが起きたら、結衣はすべての責任を一人で果たそうとするだろうと思えた。

「私、帰ります」

そう言ったあとの雅美の行動は素早かった。コートとバッグを小脇に抱えて小走りに店を出た。駅に向かって競歩のような早歩きで去っていく。浩史も始も声をかけることができずに、雅美の背中を見送った。始が亮子の側に来て尋ねる。

「いったい、なにがあったの」

「結衣さんが婚約破棄の正式な申し込みに来るかもしれないからって、ご自宅に帰るそうです」

「それは、緑川様が逃げないように待ち伏せするってこと？」

亮子は確信を持って首を横に振った。

「結衣さんは逃げたりする人じゃないって、葛嶋さんがおっしゃってました。ただ静かに待つだけでいいはずです」

雅美が思ったとおり結衣が決着をつけに行ったことを、亮子は翌日、電話で聞くことになった。

「そうですか。わかりました」

電話を切ると、すぐ側で亮子のすることをじっと見つめていた唐子が聞いた。

「なんじゃ、ぬしは。一人で壁に向かってべらべらと喋って」

「一人で話してたんじゃないの。電話していたのよ」

「電話していたとはなんじゃ」

説明が面倒くさい亮子は、唐子を抱え上げて電話台に立たせると、受話器を持たせた。時報を告げる番号を回し、音声を唐子に聞かせる。

「この中に人がおるぞ！」

「そうだね。きっとあんたよりも小さな人なんでしょう」

興奮冷めやらぬといった唐子から受話器を取り上げて電話を切り、居間に向かう。いつもの定位置に座ると、志野が尋ねた。

「あんたの昼飯時をねらってかけてくることは、桑折さんかい」

亮子は軽く頷く。

「そう、始さん。唐子の反物、やっぱり葛嶋さんが買い取りたいって言ってるって」

「そりゃあ、おめでとう。あんたのスズメの涙の貯金が減らなくて良かったこと」

亮子は再開しようとしていた食事をまた中断して、むっと唇を尖らせた。

「私の貯金は、そんなに少なくありません」

「それで、花嫁は戻ったのかい」

「万事、順調だそうよ。もともと、ちょっとした遠慮のぶつかりあいだったんだし、結衣さんも子ども好きには間違いないし。唐子の刺繍がかわいいって、やっぱり子どもを抱きたいっていう気持ちになってくれたそうよ」

カレーを掬ったスプーンを口に突っ込みながら話す亮子を「行儀が悪い」と叱ってから、志野は質問を続けた。

「もう一反、刺繍を頼むって話は、どうなったんだい」

「うん、注文受けた。普段着に小紋を誂えたいんだって。そこに唐子の刺繍を入れて欲しいって」

「また唐子かい」

志野がうんざりしたといった口調で言ったのに対して、亮子は眉を吊り上げて反駁(はんばく)する。

「唐子の刺繍になにか文句があるの?」

「あたしに迷惑がかからなきゃ、文句はないさ」

「迷惑なんかかけませんよ。もう、一人で縫えますから」

志野は疑わし気に亮子を見やる。

「どんな図案にするつもりなんだい」

「前回と同じ、爪揚げにしようと思ってるけど」

亮子の答えに、志野は深いため息をつく。

「あたしなら、同じ図案の着物を二枚も持ちたくはないねえ」

「それもそうか。じゃあ、どうしようか、おばあちゃん」

志野の顔に迷惑だと感じていることがあからさまにわかる表情が浮かぶ。

「勝手に考えな。あたしは知らないよ」

「まあ、そう言わずに」

「迷惑はかけないいんじゃなかったのかい」

「図案を考えるなんて楽しいじゃない。おばあちゃんも好きだったでしょう」

亮子の顔を横目で観察していた志野の瞳が、少しだけ悲し気に揺れた。

「まったく。しょうがない子だねえ」

折れてくれた志野を、亮子は無邪気な笑顔で嬉しそうに見つめた。

第三章

昼の時間が随分と短くなった。刺繍をしていてふと気づくと、すでに日が傾いて、工房の中が薄暗くなっている。同時に寒さも厳しさを増し、隙間風で手足が冷え切るようになってきた。倉庫から古いストーブを出してきて、灯油の配達を頼む。火が入らないストーブの姿を見ると、寒さがより一層身にしみるように思えて、一人、工房でわが身を抱いて暖めた。

唐子の刺繍が好評で機嫌が良い桑折浩史から、小言を言われることが減った。やはり動植物は縫えないと言っているのだが、浩史はいざとなったら注文が通ると思っているようで鷹揚にかまえている。亮子も、いざとなったら夜逃げでもすればいいやと、縫えない理由について語ることもしていない。それでも追及されることもなく、小物用の有職紋様や、家紋入れなどの仕事を淡々とこなしていた。

「こんにちはー……」

か細い男性の声がして、亮子は刺繍台から目を離し、戸口の方へ振り返った。スーツ姿の若い男性が戸を薄く開いて中を覗きこんでいる。

「はい」

ぶっきらぼうに言って、一応、体の向きだけは戸口に向けた。

「あのう、お久しぶりです。井之頭不動産の土井でございます」

「……ああ」

しばらく考えて、やっと思い出した。地上げ屋だ。

「寒くなりましたが、お風邪などひいてないですか」

「はあ」

「その後、お仕事は順調に？」

「まあ」

「刺繍のお仕事は大変なんでしょうねえ」

「はあ」

「こちらの工房は、お一人でされてるんですか？」

「まあ」

「えっと……」

なにを言っても気のない返事しかしない亮子に困り果てたようで、土井は口ごもった。

亮子はそろそろ帰らないかなと願いつつ土井を睨みつけたが、帰る素振りは微塵も見せない。

「今日はですね、この辺りのみなさんにご挨拶させていただいてまして」

「たしか、以前来たときも同じことを言っていましたね」

家を訪問するときの常套句なのだろう。土井は無意識に発したらしいその言葉を打ち消したいのか、両手をぶんぶんと振って大きな声を出した。

「今日は違うんです！　うちの社長が！　社長の方からご挨拶を申し上げたいとですね、来ておりまして！」

「はあ」

「おじゃまさせていただいても？」

「まあ」

土井は飛び上がらんばかりの喜びぶりで門の外へ駆けていき、門の陰にいる人物になにごとか報告して戻ってきた。

「こちら、社長の井之頭でございます」

土井が振り返ったとき、紹介された井之頭は、まだ門近くにいて、ゆったりとした視線で前庭を眺め渡していた。庭と言っても狭いもので、ベニカナメモチの生垣の内側に、細い松が一本あり、あとは打ち捨てられた火鉢と、空っぽの水槽が放置してあるだけだ。すぐに見飽きたのか、ふいっと顔を背け、井之頭は堂々とした歩きっぷりでやってきて、戸をくぐった。

「お忙しいところ、お邪魔いたしまして申し訳ありません」

「はあ」

亮子は土井のときと変わらず、まったく興味なさげに返事をした。井之頭は亮子の返事など聞こえなかったかのように、陽気に自身のことだけを語りだした。

「私、井之頭不動産の取締りをいたしております、井之頭幸次（こうじ）と申します。どうぞ、お見知りおきください」

「はあ」

「ところで、こちらのお宅、いい建物ですね。建材がヒバの木なのは珍しい。ご存知ですか？　ヒバは優れた防虫効果があるんですよ」

「いえ、知りませんでした」

やっとまともな返事をした亮子に、井之頭は満面に笑みを浮かべて言い足した。

「まあ、効果はもって三年ですがね」

ぐるりと室内を見渡して、足元に目を落とす。

「この三和土の土間もいいですね。今時、こんな立派なものが残っているのは珍しい。夏は涼しいでしょう」

「ええ、まあ」

「冬は日光の熱を集めて暖かい空間に……なりませんなあ、この部屋は北向きだ。窓も小さい。日の光で暖まることなんてないでしょう」

亮子にもやっとわかった。なんのためかは知らないが、井之頭は嫌味を言いに来たのだ。黙って聞いてやるほど、お人好しではない。亮子は膝を繰って井之頭に正対すると、反撃に転じた。

「うちでは絹糸や絹布を扱います。日光はそれらに良くないのです。ですから、わざと北向きに建てております」

井之頭は浮かべていた人好きのする笑顔を、嫌味に変じさせて頷く。

「なるほど、なるほど。いやあ、立派ですなあ。あ、ところでどんなお仕事をなさってるんですか」

「看板をかけておりますが」

「おや、そうでしたか。とても小さな看板なのでしょうな。目に入りませんでした」

これは嫌味ではなく、本音らしい。にやけた顔が一瞬だけ、真顔に変わった。それが嫌味を言われるよりも頭に来て、亮子は声を荒らげた。

「ご用件は、なんですか！」

　年齢の割に迫力のある声に、土井が驚いて社長の陰に隠れようと移動した。井之頭は落ち着いたもので、嫌味な笑みを再び浮かべた。

「このご近所のお宅はすべて周らせていただきましてね。みなさん、歴史ある、とても素敵なお住まいでした。ところが、どこも驚くほど傷んでいる。防災対策がまったく取られていないんですよ」

　亮子は返事もせずに井之頭を睨んだ。井之頭は気にも留めず、話し続ける。

「防火、防震、防水、なにもかもだめです。これでは住む凶器です。そこで、私どもは安全な住み替えをご提案いたしておるのですよ」

　土井がそっと社長の陰から出てきて、抱えているビジネスバッグからパンフレットを取り出した。

「こちら、当社がご提供しているマンションのパンフレットです。住みやすいと評判の町ですよ。ところで、こちらは一人でお住まいですか」

　亮子が答えようと口を開きかけたとき、居間との境の襖がガタッと鳴った。ガタガタと揺らしている音が続く。唐子が人声に興味を惹かれて出てこようとしているのだろう。

慌てて誤魔化そうと大声を出す。

「一人です！　だから、帰ってください！」

「それは尚更お勧めしたい。若い女性お一人で、こんな不用心な家にお住まいとは」

「放っておいてください。忙しいんです。帰って」

頑として譲らない態度の亮子を見て、井之頭は口調を変えた。

「放っておいてもいいが、この辺りの土地はすべてわが社が買い上げている。すぐに解体工事が始まる。騒音、地響き、作業員の怒鳴り声、なにもかもストレスになる。まともな暮らしはできなくなると思った方がいい」

亮子は眉根を寄せた。なぜ突然やってきて、このような高圧的な態度を取るのか。地上げが本当にこんな乱暴なものだったとは。陳腐なドラマの登場人物にでもなったような気持ちがして滑稽で、現実感がない。

「なんども勧めたのに断り続けたせいで、この土地の価値は下がる一方だ。周囲の土地だけが良い値で売れて、そのおかげで孤立したこの家は工事も入りにくいし……」

「なんども勧めたって、なんですか」

亮子が井之頭の言葉を止めると、土井が慌てふためいて、ビジネスバッグを取り落とした。中に入っていた書類が散乱する。

「わああ、すみません、すみません！」

わああ、わああと喚きながら、土井は社長を押しのけるようにして書類を拾っていく。井之頭は当惑した表情で土井に押されるがままに戸口へと移動していく。

「なにをしているんだ、土井！　邪魔だ」

「社長、今日のところはここらへんで」

「なにがここらへんだ。まだ話のとば口にも立っておらん」

井之頭になんと言われようと、無理にでも外へ押し出そうとする土井の態度に、亮子は首をかしげた。そのとき、亮子の背後から、亮子そっくりな声が聞こえた。

「なんども勧めたって、なんですか」

いつの間にか忍び寄っていたらしい唐子が、亮子の声真似をしているのだ。早くどうにかしないと、見つかってしまう。そうは思うのだが、背後に手を回しても、唐子はすいすいと避けて逃げ、大声を上げ続ける。

「なんども勧めたって、なんですか」

「なんども勧めたって、なんですか」

「なんども勧めたって、なんですか」

なぜそんなに立て続けになんども繰り返すのか、怪しまれるではないかと亮子は歯噛みする思いだ。せめて口が動いていないことを悟られないようにと下を向いた。

「そんな、なんども言わなくたっていいじゃないですか！」

突然、土井が泣き出した。

「なんども勧めたって言えるほど尋ねてきたことないって、はっきり言ったらいいじゃないですか」

涙声の訴えがなんのことかわからず、亮子はそっと目を上げて様子をうかがった。土井は涙を流して本気で泣いている。それを井之頭が顔を真っ赤にして、怒りに震えた様子で見ている。

「お前、この家はなんど行っても断られて、邪険に追い返されると言ったのは嘘か」

「嘘じゃないです、断られました」

「なんど断られた」

「一度です！」

「お前、さてはまた、サボっていたな！」

「なんども勧めたって、なんですか」

「なんども勧めたって、なんですか」

唐子が騒ぎ続け、土井は泣き続け、井之頭は震え続け、あまりのやかましさに亮子は膝立ちになって怒鳴った。

「うるさい！　みんな出ていって！」

井之頭は大きく息を吸って怒りを収めたようで、冷静な口調で亮子に対した。

「本日は、大変に失礼をいたしました。当社の不手際を心よりお詫びいたします」

膝に両手をつくようにして深々と頭を下げる。突然、紳士的になった井之頭の態度に、亮子は毒気を抜かれて大人しく座り直した。井之頭は頭を下げたまま続ける。

「このお近くの土地は駅前再開発に伴って、わが社が買い上げ、土地活用することが決まっております。ご近所の方は一か月以内で皆さま退去されるご予定です。こちらのお宅にもご案内に来ているはずだったのですが」

井之頭は頭を下げた姿勢のまま、土井をぎろりと睨んだようだった。土井は恐れおののいて後退していき、戸口から外へと出てしまった。

「当社内の連絡不足でお話もまともにできていないようで、まことに申し訳ございません」

「いいです」

静かな声に、井之頭は不思議そうに顔を上げた。亮子は苛立ちが収まった平静な感情で続ける。

「お話も案内もいりません。ここは売りませんから」

「いいえ、しかし先ほども申しましたとおり、近隣はすべて更地になりまして、その後、建設工事も始まります。工事中のご不便以外にも、高い建物に囲まれて日当たりも悪くなります。車通りも増え、住宅地として住み心地が良いとは言えなくなる懸念がございます」

「いいんです、どんな土地になっても。私は、ここにいたいんです」

井之頭は深く頷いて同情を示した。

「代々、お住まいのお宅を手放すなど、考えられないと思います。大切なおうちです。大切な土地です。ですが拝見したところ、こちらの建物はかなり傷んでいます。近々、大規模な改修をしなければ、住むことが危険な状態になるのは遠い話ではありません」

「遠い話ではないって、どのくらいは大丈夫なんですか」

「大きな天災に見舞われなければという条件付きではありますが、十年も保つかどうか……」

「十分です。それだけの年数があれば」

井之頭は丁寧に、礼儀正しく質問を続ける。

「失礼にあたらなければ、こちらにお住まいになり続ける理由を伺えますか。なぜ十年でいいのか」

「あなたには関係ないことだと思いますが」

亮子が冷たい声で言っても、井之頭は親切気な様子を崩さない。

「ご事情がわかれば、なにか当社でお役に立てることがあるかもしれません」

じっと井之頭を見つめると、真摯な視線が返ってくる。ふと、話してもいいかもしれないと思ったのは、井之頭の顔の中央に鎮座している高くはない団子鼻が愛嬌らしいからかもしれなかった。

「うちは代々、刺繍で生計を立てています。私も刺繍士ですが、まだ自分で納得できる刺繍ができたことがありません」

はっきり口に出すと、ずいぶんとみじめで情けない気がした。

「ちゃんとした刺繍を縫えるようになるまで、ここを動くわけにはいかないんです」

井之頭は静かに頷きながら聞いていた。亮子はその姿を不思議な思いで見つめた。となんでもなく嫌味で、いやがらせをして無理に地上げしようとしたのも井之頭だし、亮子が心を開いてもいいと思えるほど親身になろうとしているのも井之頭だ。どちらが本当の顔なのだろうかと考えていると、それが伝わったかのように、井之頭が口を開いた。

「十年はここに住み続けたいとおっしゃったのは、十年で納得のいくものができるとお考えだからなのですね」

「はい、そうです」

「こう言っては失礼かと思いますが、それは甘い考えではないでしょうか」

　静かな口調の井之頭の言葉を、亮子はじっと聞いた。

「あなたは、まだとてもお若いようにお見受けします。代々受け継がれた業をすべて習得するには十年ではとても時間が足りないのではないですか。それなら、この家にこだわらず、新しい環境で新しい系譜を始められた方がよろしいのではないですか」

　その表情を見ると、本心からの助言のようだと思えた。だが、亮子は是とは言わない。

「十年でいいんです。超えたいのは先祖の培った技法ではないですから」

　亮子はそれ以上話してやるつもりはなかったのだが、井之頭はまだ言葉が続くものと待ち構えているようだった。どこか少年のような輝きを持つ真っ直ぐな視線に促されて、誰にも、祖母にさえ話したことがない本心を語った。

「私が超えなければならないのは、母の仕事です。それには十年あれば、いえ、十年で超えなければならないんです」

　井之頭は理由を聞かなかった。ただ静かに頷いた。

「ですが、それはこの場所でないといけない理由ではないようだ。なにかほかの事情があるなら、それも伺わせていただきたい」

問われても、亮子にはぴんと来ない。自分はずっとここで刺繍をして生きていくのだと幼い頃から思っていた。それだけのはずだ。だが言われてみると、刺繍ができれば、場所など、どこでもいいのだと思えた。工房に直接訪ねてくる客などそうはいない。ましてや看板を見て入ってきた人など一人もいない。困惑した様子の亮子を見て、井之頭は頭を下げた。

「また、伺います」

亮子は思わず見送りに立ち上がりそうになった。背後に唐子がいることを思い出さなければ、門の外まで送っていっただろう。地上げのために訪れた井之頭に、また来て欲しいとさえ思ったことに驚いた。

もう一度、丁寧にお辞儀をして井之頭は外に出た。戸を閉めるときに、ふと視線をさまよわせ、看板に目を止めた。

「これは……」

そう言って、絶句した井之頭の様子に亮子は首をかしげて尋ねた。

「どうかしましたか」

井之頭は慌てた様子で、看板から亮子に視線を移した。

「いや、変わった家紋だと思って。この家紋はポピュラーなものですか」

五百津家の家紋は五階菱。丸の中に菱形があり、その上下に小さな菱形がくっつき、小さな菱形の上下にもさらに小さな菱形がつき、合計五つの菱形が重なったものだ。

「それほど多くはないと思います。家紋の刺繍はよく承りますが、五階菱は一度も縫ったことがありません」

「そうですか」

また、じっと看板を見つめていた井之頭は、ふいっと視線を亮子に移した。なぜか亮子を見つめて動かない。亮子は不審げに眉根を寄せた。その表情を見て我に返ったらしく、井之頭は曖昧な笑みを浮かべた。

「お母様は、お留守ですか」

なぜそんなことを急に聞くのかわからぬまま、亮子は感情の消えた声で答える。

「ずっと留守です。十年前から」

「そうですか」

井之頭は静かにそう言うと、気が塞いだ様子で戸を閉め、門を出ていった。

亮子はふと、井之頭は厄介な人物なのではないだろうかと思い至った。最初のような高圧的な態度ならば追い返せばいい。なんなら、警察を呼んでも良い。だが、紳士的で人の心を開かせるような思いやりある言葉をかけられたら、頑として突っぱねることが難しい。特に、帰りしなに見せたような弱った感じを見せられては。

大きなため息が漏れた。いったい、なんだったのか、今の一連の騒動は。怒ったり、驚いたり、自分語りをしたり、なんだか異様に疲れた。それに、考えねばならないことが突然、肩にのしかかってきた。家のこと、自分のこと、十年という時間のこと。

亮子は仕事をいったん置いて、休憩することにした。立ち上がると、亮子の背中にしがみつくようにしていた唐子が、ころりと転げた。亮子は仁王立ちになって唐子に小言を言って聞かせる。

「あんたねえ、人がいるところに出てこないでよ。見られたら、大変なことになるでしょう」

「良いではないか。見つからなかったぞ」

起き上がりながら、唐子はにやにやといやらしく笑う。

「それより、ぬしは随分と井之頭を気に入ったようだの」

「なによ、それ」

いぶかしんだ亮子が尋ねると、唐子はさらにいやらしさを増した、笑いを含んだ声で言う。

「ぬし、惚れたな？」

亮子の鼻の根にしわが寄る。そのあまりにもいやそうな顔を見て、唐子はからかうのがつまらなくなったらしい。ぶうぶう言い出しそうな様子で唇を突き出した。

「なんだ、ぬしは気概がない。こういうときは違うと言って怒り狂うものだぞ」

亮子は無視して歩き出そうとした。唐子は次の手を思いついたらしく、また笑いながら口を開く。

「この家にしがみつく理由を、わしは知っておるぞ」

意外な言葉に、亮子は足を止めた。

「なに。あんた、そんなことわかるの」

「もちろん。ぬしのことはなんでも知っておる」

「ふうん。で、私がここにいたい理由ってなに？」

唐子はにやけた笑いを引っ込めて、神妙な様子で口を開いた。

「待っておるのであろう」

「なにを？」

唐子は軽く首を横に振った。呆れたと言いたいのかもしれない。だが、表情は語って聞かせることが嬉しくてしかたないと、はっきりわかるほど、にこやかだ。

「母の帰りじゃ。ぬしは母が帰ってくると信じておるのじゃろ」

亮子の頬がぴくりと動き、引きつった。上機嫌な唐子は、そんなことには構わず喋り続ける。

「ここを出て家移り(やうつ)すれば、母に伝えるつてもなし。母が帰りこねば、二度と会えぬかもな。ここで待っていたいのじゃ」

「会いたくなんかない」

唐子はまた亮子の声真似をして「会いたくなんかない」「会いたくなんかない」となんども繰り返す。

「うるさい！　黙りなさい！」

顔を伏せて怒鳴った亮子の剣幕に脅えて、唐子は居間に逃げていった。

「会いたいわけ、ないじゃないの」

亮子は畳を睨みつけるようにしながら、ぽつりと呟いた。

二分の一成人式だなんて妙なものが流行るもんだねえ、と言いながらも、祖母は母と

一緒に小学校にやってきた。振袖や袴姿のほかの子たちは両親が揃って出席しているけれど、亮子には父がいない。産まれたときからいないから寂しくはないが、学校の行事で両親揃っている子たちを見ていると、羨ましくはある。

体育館で十歳になったという記念の賞状をもらって、保護者や来賓からの拍手を受けて教室に戻る。この後は保護者と合流して家に帰るだけだ。

ランドセルに表彰状を突っ込んで背負うと、体育館付近に戻って、祖母と母を探す。同級生の間を抜けて歩き回るが、見つからない。ほとんどの子たちが帰ってしまって、保護者の数も減ったというのに見つからない。

どこへ行ったのかと、一人ぽつんと立っていると、校舎の方から祖母がやってきた。母が式典の途中で出ていって戻らないという。トイレに行ったのかと探しに行ったが、いない。飽きて先に帰ったのかもしれないね、と祖母が言った。母は気まぐれな質で、一緒に歩いていてもふいっとどこかへ消えてしまうことが、よくあった。

だが夜になっても、母は帰ってこなかった。翌日も、翌々日も。警察に届けようとしたところで、母の身の回りの少しのものと、現金や通帳が消えていることに祖母が気づいた。まったく、どこへ行ったのやら。そう言った祖母と、急に思い立って旅にでも出たのかもしれないと気楽に待っていた。ところが、やってきたのは思いがけない、短い手紙だった。

『私のことは死んだと思ってください　透子』

たった一通の手紙だけで、亮子は母に捨てられた。

ジリリンという音が三回鳴ったような気がした。黒電話の音だ。我が家の電話なら、三回で鳴りやむことはない。うちではないだろう。亮子は高をくくって刺繍を続けた。

五百津家に電話をかけてくる数少ない人たちは、亮子がめったに電話に出ないことを知っている。十回も二十回も電話のベルが鳴って一度切れ、それが二度、三度と繰り返された末に、ようやく電話が繋がる。そういうものだと納得しているらしい皆の度量の広さに驚嘆しながらも、亮子は電話にすぐに立つ気にはなれないのだ。

一つは、単純に電話が嫌いだということがある。もう一つの理由がスマートフォンだ。近所に住む人がスマートフォンの着信音を黒電話のベルの音に設定しているらしいのだ。ベル音を聞き自宅の電話だと思い、出てみたら違ったということを何度か経験してから、より電話嫌いが進んだ。

だが、今日はなにか気にかかる。虫の知らせというやつだろうか。もう一度かかってきてもすぐに取れるようにと廊下に行った。

薄暗い廊下に人声がして、亮子はびくっと身を竦めた。泥棒か、幽霊か。そんな疑念が一瞬頭に浮かんだが、すぐに理性が違うと結論付けた。廊下の電気を点けると、電話台に唐子が上っていて受話器を小さな両手で抱きかかえ、亮子の声真似で話していた。

「はい、わかりました。承ります。はい、では」

唐子が受話器を乱暴に電話機に戻すと、通話の終わりを知らせる、ちんという軽やかな音がした。そんなかわいらしい音だが、亮子には地獄の釜の蓋が開いた鈍い軋みのように聞こえた。電話台に駆け寄ると、両手で唐子を摑み上げて揺さぶる。

「あんた、なにしてるの！」

唐子は揺さぶられ、がくがくと頭を揺らしながらも存外、平気そうに答える。

「ぬしが忙しそうだったから、代わりに小人と話しておいたぞ」

「相手は誰！」

「小人じゃろ」

唐子が不思議そうに言うところを見ると、以前、亮子が電話の中に小人がいると言った冗談を本気にしているのだと思われた。亮子は蒼白になりながら尋ねる。

「なにを話したの」

「刺繍の話をしておったぞ。猪がいいそうじゃ」

電話の相手は桑折社長だ。刺繍の注文だったのだ。それも、動物の。亮子の顔色がますます悪くなる。

「それで、引き受けちゃったの」

「ぬしがいつも言うように、ちゃんと答えたぞ」

「なんてことしてくれたのよ！」

亮子の剣幕を、唐子はぽかんとしたまま見上げている。

「勝手に依頼を受けちゃって。猪なんか縫えないのに、どうしてくれるの」

「なぜ縫えぬ。猪なぞ、茶色で縫えばしまいじゃ」

亮子はまた唐子を揺さぶった。

「猪を縫って暴れ出したら、誰が止めるのよ。あんたが盾になってくれるって言うの？」

唐子はきょとんとして答える。

「動かない猪を縫えばいいではないか」

「それができたら苦労してないわ」

亮子は唐子を放り出すと、電話の受話器を摑み、ダイヤルを回そうとしたが、今切ったばかりの電話をかけ直し同じ内容を聞き返すのは、あまりに不審だと気づいた。自室に駆けこみ、カバンとコートを取って玄関に走る。

「どこへ行くのじゃ」

ついてきた唐子の鼻先で、音を立てて戸を閉めた。間違っても唐子が開けないように、しっかりと鍵をかけて、桑折呉服店に向かって走る。

息を乱して暖簾をくぐると、ちょうど出てきた浩史とぶつかりそうになった。

「おや、五百津さん、来てくれたの。こちらから行くんで良かったのに」

そう言った浩史の手には着物とそぐわないビジネスバッグと店の名前が入った風呂敷が握られている。亮子はなにを言ったらいいのか思いつかぬまま、ただ荒い息をはき続けた。

「そんなに急がなくても大丈夫だよ。さ、上がって。座って落ち着きなさい」

戸を開けてもらい、店内に入る。帳場の上り口に腰を下ろして息を整えていると、浩史がビジネスバッグから写真を数枚取り出した。通常サイズのL版から、拡大されたA3ほどのものまで、四枚だ。

「これがさっき話した、猪の掛け軸の写真だよ。実物はさすがに貸してもらえなかったから、悪いんだけど、写真を参考に図案を描いて欲しいんだ」

畳の上に並べられた写真には、どれも同じ一枚の掛け軸が写されている。一頭の猪が南天（なんてん）の木の下に立っている図だ。雄々しいという言葉がぴったりの堂々とした体軀の猪だった。

「なかなかいい絵だよ。刺繡にしたら派手でいいんじゃないかな」

亮子がなにも言えず、浩史が不思議そうな顔をしたところに、姑がお茶を運んできた。

「亮子さんを指名しての注文なんだ。葛嶋様もだったけど、亮子さんの刺繡の腕を見込んでというお客様が増えて嬉しいよ」

心底から喜んでくれている姑の笑顔を見ることができず、俯きがちに小声で、亮子は浩史に話しかけた。

「あの、この注文なんですけど、ちょっと難しくて……」

浩史は聞いていないようで、ビジネスバッグの中から数枚の用紙を取り出した。

「電話で言い忘れてたけど、今回は事前に契約書を交わしてもらいたいんだ。なんせ、金額が大きいからねえ」

「金額が大きい？」

浩史から渡された契約書を見ると、提示されたのは、葛嶋雅美に依頼された唐子の刺繍を始めとした花嫁衣裳一式のときの十倍の金額だった。目玉が飛び出るかと思うほど目を見開いた亮子に浩史が笑って言う。

「電話で話したときは平気そうだったけど、やっぱり数字を見ると現実感が湧くみたいだね。あちらさまから提案の破格の条件だからねえ。しかも前払いだ」

浩史はまたビジネスバッグに手を突っ込むと、袱紗（ふくさ）の包みを取り出した。

「はい、今回の報酬だよ。羽織の裏地一枚でこの金額だ。よっぽどのものを縫ってください よ」

そっと袱紗を開いてみると、見たことがない厚さの札束が入っていた。紙の帯で封がされている。これだけあれば、心もとなくなってきた金糸銀糸も、らくらく買い足せる。ぼろぼろになった刺繍道具も新調できる。断るつもりでやってきたが、心が揺らいだ。

「今回は還暦のお祝いだそうだけど、これからは和服も増やしていくから、もっと刺繍も頼みたいっておっしゃってたからね。がんばってよ、五百津さん」

浩史にばんばんと腕を叩かれて、亮子の頭はぐらぐらとゆらぐ。かなりの金額に心が揺れた。これだけのお金があれば、廊下の雨漏りを直せる。いつも軋む門の手入れもできる。

亮子はめまいのように回る視界で、写真の中の猪を捉えていた。

契約書にサインしてしまった。桑折呉服店からの帰り道、亮子は身が竦むような思いを引きずっていた。契約書など生まれて初めて交わした。よく文章を読まずにサインしてしまったが、騙されているなどということはないだろうか。桑折呉服店が間に入っているのだから、めったなことはされないと思っても、浩史も始も一緒くたに騙されているのではと、今度は二人のことを頼りなく思う有り様だ。

情けないとは思う。祖母の代も、その前もずっとお世話になっている呉服店の、手腕家の二人を疑うとは。そう思ってみても不安は消えないし、ぎゅっと抱きしめているカバンの中に入っている札束の重みはずっしりと腕に重く感じられる。誰かに後をつけられていないだろうか、カバンをひったくられたりしないだろうかと恐ろしい気持ちでいっぱいになりながら、家にたどり着いた。

「おや、お帰り」

居間に着くと、足の力が抜けてへたり込んでしまった。カバンを卓袱台の上に放り投げる。

「こら、カバンを卓の上にのせるんじゃないよ」

叱られても、もう触りたくなかった。

「中、見て」

志野は手を伸ばして亮子のカバンから袱紗包みと写真を取り出した。写真をじろじろと見てから、袱紗を開く。

「おや、ま。あんたのその間抜けな姿の原因はこれかい」

「そんな大金、初めて触ったから……」

「これっぱかしのお金で情けないねえ。しっかり働かないから札束から縁遠くなるんだよ」

「働いてるわよ。今日だってこれから働くわよ」

志野は写真をじっくりと眺めて「あーあ、立派な猪だ」とため息をついた。

「なによ」

気持ちが落ち着いてきて、やっとコートを脱いだ亮子は不満げに、嘆息した志野の顔を見やる。

「縫えないのにまた下絵を預かってきて」

「だって、この金額なんだよ。引き受けない手はないでしょう」

亮子が子どもっぽく、ふくれっ面をしているのを志野は呆れたように眺めた。

「そういうことは、一人前に縫えるようになってから言いな」

「縫えるよ、縫います」

「おや」

志野が心底から驚いたというような声を上げた。

「苦手なことにも挑戦していくなんて、殊勝な心掛けじゃないか。それで、猪が動き出さないようにする秘策はあるのかい」

「どうしたらいいと思う」

亮子は考える間も置かず、志野に尋ねた。志野の視線が冷たい光を帯びた。まるで他人を、それも好ましくないものを見るかのような目で亮子を見る。

「あんたのそういう他人任せなところ、母親にそっくりだよ」

亮子の顔色がみるみる真っ青になっていく。

「なんで……、なんでそんなこと言うの」

そう言ったまま、言葉が出てこない。志野は亮子から視線を外すと、部屋の隅で一人遊びをしている唐子を見つめた。

「あんたに振り回されて、いい迷惑さ。あの子だって、いるべきでない場所にいる。生き物にはそれぞれ生きるべき場所ってのがある。あの子はどうだい。この世にいるべきものかい？」

亮子は震える唇をなんとか開いて言葉を絞り出す。

「でも……、でも、楽しそうにしてる」

「なにもわからない子どもだよ。遊んでいられりゃ楽しいさ。だけど、それで本当にいいと思ってるのかい」

亮子は見開いたまま閉じることができない目で志野を見つめた。

「おばあちゃんは？　おばあちゃんは、どう思うの」

「あるべき場所に、行くべき場所に、そこに行くのが幸せなんじゃないかい」

亮子は唐子を見下ろした。視線に気づいた唐子が側に寄ってきて、亮子の膝をつついた。

「ぬし、目が赤いぞ。しばし閉じろ」

亮子は懸命に力を抜いて目を閉じた。しばらくじっとしていると、また唐子が膝をつついた。

「いいものを見せてやる。目を開け」

目を開くと、唐子は上着をめくって尻を出し、ぺんぺんと叩きながら、舌を出してみせた。

「ばーか、ばーか。ぬしに見せるいいものなぞ、ないわ」

　そのまま廊下に走り出た唐子の背中を見つめていたが、廊下からまた「ばーか、ばーか」という声が聞こえた。亮子が追いかけていくのを待っている。気合を入れて膝に手をつき、なんとか立ち上がった。廊下に顔を突き出して叫ぶ。

「誰がばかよ！　ばかって言った方がばかなの！」

　唐子はけらけらと笑いながら、廊下を駆け回った。亮子は居間にいたくなくて、唐子を追いかけた。


　捕まえた唐子を居間に放り込んで、亮子は工房に入る。動く刺繍を襖の向こうに閉じ込めたことで一息ついた。

　借りてきた写真を文机にのせて、じっと見つめた。今回はこの写真を参考に、一から下絵を描いていくことになる。どうすれば動かないように縫えるだろう。脚を折れば、目をつぶせば、心臓を射抜けば動かなくなるだろうか。罠にかければ、縄で縛れば、銃で脅せばじっとしているだろうか。亮子はぶるぶると首を振る。そんな猪を誰が見たいものか。

　以前なら、目を縫わなければ刺繍は動き出さなかった。だが、唐子を縫ったときには身じろぎし、目を縫ってくれと話しだした。もしかしたら、近頃は敬遠して縫っていなかったが、今では動物の紋様でさえ動き出すようになってしまっているのではないだろうか。鴛鴦紋様が動き出したときのように。

「心の乱れが糸に出る」

鴛鴦は糸を整えてやれば布の上に収まってくれた。動き回る唐子の尻からは糸が飛び出ている。

糸からもう一度、見直そう。刺繍を基本から考えよう。そうすれば普通の刺繍が縫えるかもしれない。動かず、騒がず、けして逆らったりしない刺繍が。

亮子は幼い頃に初めて縫った梅の花を、もう一度、縫ってみることにした。

紅色の布に、黄色の糸で梅の輪郭を縫うだけの、針目の少ない図案を描く。五枚の花弁に五本の雄蕊(おしべ)、それだけだ。枝もガクもない。ほとんどが丸で構成された図案。こんな図案はめったに縫うことがない。手習いでは、しょっちゅう縫っていたが、職人として作品を作るようになってからは、線だけで絵を描くような刺繍は敬遠してきた。どこか稚拙で人を見下しているというように感じるのだ。依頼人だって、せっかくならば色鮮やかで糸の使用量が多い方を喜ぶに違いない。それに、広々とした布に、もっと刺繍できるのにと、もったいない気持ちにもなる。

だが初めて縫ったあの日、亮子は誰に批判されることも、だれかにおもねることも考えたりはしていなかった。ただ、刺繍できることが嬉しかったのだ。祖母と、母と、同じことをできることが。そうして無心で針を取ったはずだった。だが、結果は、無残にも梅は散った。

今度は散らさない。考えなしな自分を戒めて、計算しつくして糸を張るのだ。

描き終えた図案を文机に残し、刺繍の準備を始める。布はあの日と同じ、紅色の繻子を使う。厚みがあり、帯地によく使われる光沢のある布だ。その布を木枠に張る。

あの日、幼い亮子には刺繍台は高すぎると、小さな木枠を使った。母が使っていた木枠は捨てずに押入れに突っ込んである。押入れの襖を開け、煩雑なものを脇に避けて、母の刺繍道具をまとめて放り込んだ長持ちを引っ張り出す。

長持ちは着物や布団をしまうための蓋つきの木箱だ。家にいつからあるのかわからないほど古いものだ。桐製で傷むこともなくずっと押入れに入っていた。母がいなくなり、すべて置いて行かれた刺繍道具を、祖母と一緒に長持ちに詰めたとき、墓に故人の思い出の品を埋葬している映画のワンシーンを思い出した。その道具を、死者を掘り起こす冒瀆の行為のように引っ張り出す。

蓋に手をかけて、亮子は動けなくなった。この箱の中に、母の遺体が入っているという妄想が頭をよぎったのだ。開けてしまえば、母がいなくなったことを、また思い知ることになる。それが怖かった。だが、そんな気持ちよりも、母が大切にしていたはずの刺繍道具をすべて捨てて行ったことに、改めて言い様のない憤りを感じた。

勢いよく蓋を開けて、中を覗く。十歳のときに詰めたまま、そのままの形で刺繍道具は整然と収まっている。なにも変わることなく、時の経つのを忘れていたかのようだ。亮子の気持ちが一気に子どもの頃に戻った。母に置いて行かれた不安と悲しみと、それを上回る激しい怒り。その怒りをくすぶらせないように焚きつけながら、亮子は生きてきた。今も長持ちに入れた両手には無意識のうちに力が入り、道具を乱暴に掻き分けていく。

木枠は長持ちの下の方に入れたはずだ。上の方に置いてある道具を次々に引っ張り出す。太さ長さもそれぞれの針、糸切り鋏、和紙で手作りしてある型紙、母が大切にして亮子には触らせなかったものたち。それらをできるだけ見ないようにして押入れの隅に押し込みながら、木枠のところまでたどり着いた。

亮子が初めて触った母の道具だ。使っていいと許可が下りたとき、普段は冷淡な母に少しでも近づけた気がして、どれだけ胸が躍ったことか。そんな思い出が亮子の心に突き刺さり、ずきずきとした痛みを感じた。その痛みを見ないようにするため、ぎゅっと唇を噛み、長持ちから取り出した道具をもとのように戻して、押入れの奥に押し込んだ。

木枠は大小のものを組み合わせて使う。やや小さい内枠に布を置き、布目が曲がらないように慎重に、大きめの外枠をかぶせる。文机からこちらに、三分の二ほどをはみださせて置き、落ちないように文机にのっている部分に重しをのせる。

糸は縒らない。幼い亮子に糸縒りなどできようはずもなく、平糸で縫ったことを覚えている。釜糸から三本の菅糸（すがいと）を抜き出し、合わせて針に通す。針止めをしたら、いよいよ梅を縫っていく。

たしかあのときは、まつり縫いという、いわゆる返し縫いで線を表現する縫い方を選んだはずだ。斜めの糸目を少しずつ重ねて太くしっかりした線にしていく。一針、一針、丁寧に。布の下から左手で針を押し上げ、布の上に置いた右手で針を受け取り、糸を引く。

糸が縒れてしまわないように、てこ針というアイスピックのような形の道具で糸を真っ直ぐに整える。幼い亮子には難しい作業で、てこ針で糸を整えるのは母がやってくれた。その思い出はどこか甘い。だが今、一人で糸を整えていると、胸の奥に冷たい風が吹いているような孤独を感じた。つい無心になり、その孤独の中に浸りそうになるのを意識して彼方へ吹き飛ばす。理詰めで、計算しつくして、糸を縫うのだ。

丸く丸く梅の花びらを縫っていく。一枚、二枚、三枚、花びらは動かない。四枚、五枚、縫い上げても糸はただ丸い円を描いた糸のままだ。

雄蕊を縫う。真っ直ぐな線を縫い、先端に丸を縫う。これも五本全部を縫い終えた。刺繍は動かない。ただ、静かに布の上にある。変哲のない普通の糸が並んでいるだけだ。

ほっと息をはいたそのとき、黄色の糸でできた線が震えた。と思う間に線は膨れ、広がり、梅の花びらは全体が、縫ってもいない面の部分まで黄色に塗り上げられた。雄蕊が布から立ち上がり、ふわりと広がる。植物の成長を超高速で写した映像のように、花びらが布から持ち上がり、満開になり、そして散った。手に入れたと思った普通が、一瞬で消えた。

亮子はぼんやりと、刺繍など最初からなかったかのような布を見つめた。今まで縫ってきた刺繍たちも実は幻で、どこにも自分の心を写したような糸一本すらなかったのではないだろうか。そんな不安な気持ちになった。

いや、そんなはずはない。今までいくつの刺繍を納品してきたことか。そうだ、白ネズミだって、唐子だって縫うことができた。

やはり問題は、心の持ちようなのか。自分の心はそれほど乱れているのだろうか、自分で制御できないほどに。では、普通に刺繍ができる人の心は、どれほど静かなのだろう。人の心は覗けない。どんな状態であるのか、なにを思って刺繍を縫っているのか、知りようもない。

梅の刺繡は気持ちを昔へと誘い、初めての失敗を思い出させた。きっと、期待しすぎたのだ。刺繡というものへの憧れが強すぎて、心がざわついていたのだ。初めてのときの気持ちを再現しようとしたのがいけなかった。

冷徹に、縫い上げることだけを考えるのだ。これは商品だ。札束に変えるために縫っているに過ぎない。楽しむな、喜ぶな、金のことだけを考えろ。

木枠を放り出すと文机に紙を置き、下絵を描き始めた。できるだけ立派に見える猪を、できるだけ高級そうな色糸を何本も重ねた手間のかかる縫い方で。

すぐに下絵は出来上がった。何種類かの糸を合わせて、新しい色の糸に縒り上げる。南天の木も添えて、急いで刺繡台に布を張り、転写する。

この一針が金額にしたらいくらになるのかと考えながら縫っていく。毛皮を表現するために、一本の糸は明るい茶で縫う。その隣に、暗めの色を入れ陰影をつけて縫った糸を添わせて縫う。ありったけの技法を使い、何日もかけて、これ以上ないほどの手間暇をかけた猪は縫い上がった。両目はしっかりとこちらを向いている。

「さあ、動けるもんなら動いてみなさい」

亮子の言葉を理解したかのように、猪はぶるりと体を震わせ、牙を宙に突き上げた。

落胆はしなかった。予想していたことだ。どうしたらこれを布の上に縛りつけることができるのか。

試しに、鋏を入れて目を解きなくしてしまった。すると、猪はぴたりと動きを止めた。この猪は目がなければ止まっている。無駄口を叩くこともない。それがわかって亮子は喜びに震えそうになったが、思いとどまった。

この刺繍は還暦の祝い用だ。目がない不安定なものを完成品として渡すわけにはいかない。後ろを向かせて尻だけ見せるわけにもいかない。

還暦祝いというと、どんなお祝いをするのだろうかとふと思う。志野の還暦祝いはしていない、できなかった。大切に育ててくれたのに、恩返しもせずに今まで来てしまったことが悔しくて、唇を噛んだ。今からでもなにかできるだろうか。祖母の、師匠の恩に報いることが。

考えていると、電話のベルの音が聞こえた。同時に居間からトタトタと、聞こえるか聞こえないかの小さな足音がした。唐子が電話に出ようとしている。亮子は慌てて居間を抜け、廊下に走り出た。

唐子が電話台に上って受話器を上げ、「もしもし」と亮子の声真似で言ったところに追いついて、受話器を奪い取り、電話機に叩きつけた。

「なにをしてるの！」

子どものいたずらを叱る母親のような声音で亮子は厳しく問い詰める。

「小人と話していたのじゃ。ぬしが忙しそうだから、手伝おうと思ったのじゃ」

唐子は首を竦めた。どうやら殊勝にしているのは、ふりではないようだ。本気で怖がっているように見える。亮子は冷たい視線で唐子を見据えた。

「勝手になにかされる方がじゃまなの。じっとして、動かないで」

唐子はぴたりと動かなくなった。亮子は唐子の首根っこを摑むと、居間に連れ戻して放り出した。ふと、祖母に助けを借りたいという気持ちが湧いたが、首を振って考えを払い落とした。もうこれ以上、母のことに触れられて傷つけられるのはごめんだ。恩返しのことを考えていたことも忘れ去り、祖母の方を見ないようにして工房に戻ると、後ろ手に音高く襖を閉めた。

布を覗いてみると、猪は暴れることもなくのんびりと座っていた。亮子が知らないだけで猪というものが大人しい性質なのかもしれないし、そうでなかったとしたら、この猪の性格なのかもしれない。

刺繡に性格などあるものか。ばからしい考えを吐き出すように、ふんと鼻を鳴らした。しばらく猪と睨み合っていると、戸を叩く音がした。振り向くと、ガラス戸の向こうに始が立っている。心配事を抱えているかのような沈痛な表情だ。なにごとかといぶかりながら、立って行って戸を開けた。挨拶もなしで始が尋ねる。

「どうかしたの」

「え、なにが？」

亮子が首をかしげると、始は心配そうな表情のまま答える。

「電話が急に切れて、そのあと、なんどかけても応答がないから。先日、店を出るときに様子がおかしかったし、なにかあったんじゃないかと思って来てみたんだ」

冷や汗が出そうだった。唐子が話しかけていたのは始だったのか。しかも、その後かけ直してきていたとは、全然気づかなかった。

「具合が悪くて倒れでもしてたらと思ったら、気が気じゃなくて」

「ごめんなさい、電話の調子がおかしいみたいで、急に切れたり、いろいろ変なんです。それだけなんです」

始はほっとしたようで、笑顔を見せた。

「良かった。それじゃ、次から電話が通じなかったら直接伺うよ」

「え、そんな……。悪いです。呼んでくださったら、私の方から行きます」

始が困ったように笑顔のまま眉根を寄せた。

「電話がなかったら、呼べないよ。亮子さんは、やっぱり携帯電話を持つつもりはないの？」

「はい、すみません」

亮子が頭を下げると、始は慌てた様子を見せた。

「いや、謝られるようなことじゃないから。でも、もしよかったら、持ってくれたら安心だよ。亮子さんはなかなか捕まらないから」

「すみません」

また謝る亮子に、始は、はにかんだような笑顔を向けた。

「それに、自宅の電話じゃ話しにくいことも、携帯やスマホでなら話しやすいかなって思うし」

「話しにくいことって？」

「えーと、身近なこととか。そうだ、悩み事とか」

「悩み事ですか」

「あとは、まあ、世間話」

「はあ……」

気の抜けた返事を舌だけで返しているような、ぴんと来ていない様子の亮子にそれ以上は言わず、始は話題を変えた。

「刺繡、うまくいってる？」

咄嗟に亮子は目をそらした。

「まあ、なんとか」

そうは言ったが、宙を泳ぐ視線が進捗がはかばかしくないことを始に知らせた。

「俺に、なにかできることはないかな」

真剣な声に引き寄せられるように、亮子は始の目を見た。

「亮子さんの力になりたいんだ」

そこには深い同情が見えた。やはり、始は亮子の刺繡が動くことを知っている、そしてそのことを憐れんでいる。

むらむらと怒りが湧いてきた。自分の刺繡はこんなふうに人から心配されなければならないようなものなのか。そこまで普通ではないのか。

「助けてもらうことなんて、なにもありません」

棘のある声で亮子は言い切る。

「私は一人で縫い上げますから」

始の表情が悲しそうに曇った。亮子は目を伏せて顔を背けていて、その表情を見ることはなかった。

「そうか。でも、なにかあったら、本当に連絡して。一人だと大変なこともあるから」

「大丈夫です。ご心配はいりません」

強い調子で姶を拒絶する。姶は寂しそうに「じゃあ、出来上がりを待ってます」とだけ言い残して帰っていった。亮子は姶の優しさを断ち切ろうとするかのように、唇を噛んで姶の姿に背を向けた。

刺繡台の側に戻ると、猪はやはりのんびりと足を畳んで座っている。サーカスの猛獣使いのように言うことを聞かせる方法はないものだろうか。試しに針で猪の尻をつついてみたが、少しうるさそうに耳をぱたつかせただけで平然としている。

こちらの動きはわかるのだ。もしかしたら言ってきかせれば躾られるかもしれない。猪に人間の言葉がわかるのか、いや、それより、動物に慣れていない自分が動物と意思の疎通を図れるものだろうか。あれやこれやと疑問は尽きないが、今は藁にも縋る気持ちだった。

もしかしたら、腹を割って話してみたら心が通じるかもしれない。一か八か賭けてみようと、刺繡台の前に座った。もう一度目を入れ直し、パチクリと瞬きした猪に向かって話しかける。

「ねえ、あんた」

呼んでみると猪は亮子に視線を移した。

「そんなにのんびりしていないで、立っていてよ。足を踏ん張って、毅然と前を向いて強そうにして」

猪は興味なさげにそっぽを向くと、ごろんと寝転がってしまった。聞こえてはいるのだ。亮子は話が通じるかもしれないという、さらなる可能性を試してみる。

「取引しましょう」

猪の耳だけがぱたぱたと動く。聞いている風ではある。意味がわかっているか、試してみる価値はある。

「美味しいものを食べさせてあげる、お腹いっぱい。そうしたら動かずにいてくれる？」

猪はがばっと起き上がると、こちらに近づいてきた。短いしっぽがぶんぶんと揺れている。交渉成立だ。

涼子は針を取ると、下絵もなしに刺繍を始めた。猪に使った糸の残りで、地面から頭の先だけ突き出したタケノコを縫っていく。猪は縫われていくタケノコの周りをぐるぐると動き回って、今か今かと縫い上がりを待っている。少し形が崩れたが、瑞々しいタケノコが縫えた。

「よし、食べていいわよ」

亮子の声を合図に、猪は鼻先でタケノコを掘り起こし、ばりばりと食べた。もっと欲しいと鼻を揺らす猪にねだられるままに縫い続けてやる。猪は数十本のタケノコを食べて、やっと満足したらしく、亮子が縫ったとおりの場所に行き、ポーズを取って動かなくなった。

「よーし、よーし、いい子ね。そのままじっとして」

猪を宥めてから、亮子は文机に向かった。急いで下絵を描いて布に転写する。猪に使ったよりは少ない本数だが、それでも立体的に見えるようにと数色の糸を合わせて縫る。猪の気が変わらないうちに急いで縫い始めた。

パッと見にはわからないよう、下絵の配置には気を付けた。そのとおり縫っていくと、ちょうど猪を囲む檻のように、竹林が縫いあがる。猪は約束どおり動かず、竹に閉じ込められても普通の刺繍のようにじっとしている。竹林と南天の木の間に踏ん張って立っている立派な姿だ。本当に動かないか、試しに針で目をつついてみた。猪は刺繍だ。痛みも恐れもないようで、動かず騒がず、そこにいた。

「なんとかなった……」

気が抜けた亮子は、ばたんと畳に大の字に転がった。夢中になっていて気付かなかったが、いつのまにか夜も明けかけて、空が白み始めていた。

仮眠を取るつもりが寝過ごして、昼を過ぎてやっと起き出した。下絵をチェックして昨夜の仮縫いの刺繍と見比べ、手直しすべき部分を書き足した。

納品用の布に絵を転写して、本番の猪を縫う。今回の猪にもまたタケノコをたらふく食べさせてやると、すっかり納得したようで素直に定位置に着いた。竹も南天も書き足し、構図のバランスを取り、縫い留めた。

ふと、この木々はなぜ動かないのだろうと不思議に思う。よく布を見てみると、どちらの木も猪の刺繍に比べると生命力が感じられなかった。まるで造花のようだ。全体的なバランスとしては悪くない。だが、細部を観察すると粗が見えてくる。動かないということは、生きていないということなのだ。手を抜いたわけではない。ただ、猪を閉じ込めるためだけに、それだけに気を取られたために注意力が散漫になっていたかもしれない。

亮子はこんなものではもらった金額に見合わないと、一からやり直すことにした。竹と南天を解いていると、猪が心配げにこちらを見ているのがわかった。視線を動かすことはないが、気持ちがこちらに向いている。ふと、この猪が愛おしく思えた。自分の刺繍を愛おしいと感じたことなど一度もない。今までこんな風に、刺繍と向き合って時間をかけて考えたことがなかったからだろうか。

「大丈夫。あんたを消したりしないから」

優しく言ってやると、猪は安心したようで、また大人しく前をじっと見つめた。

竹は葉が散ることがないように、生えたばかりの若竹にして、そこで成長を止めるため、地面を縫い表さず、根方を流水紋で隠した。南天も同じようにして生きているのに動かない木を縫うことに成功した。五日かけて仕上がった刺繍を満足げに見下ろしていると、猪が嬉しそうに笑ったような気がした。

翌日、桑折呉服店に納品に行くことにした。一気に縫い上げてしまったため、納期よりもかなり早い。体力を使い果たしてふらふらだが、刺繍はすばらしい出来だし、なにより志野に頼らず、一人でやり切ったという自負がある。一刻も早く、人に見て欲しかった。

暖簾を掻き分けて店内を見ると、スーツ姿の男性が始と話をしていた。先客が帰るまで店の前で待とうかとも思ったが、今日の寒さは骨の芯まで凍りそうなほどだ。そっと入って店の隅で小さくなっていようと、音を立てないようにガラス戸を開けた。始と目が合い、目立たないようにとほんの少しだけ頭を下げた。そっとそっと動いている意味が伝わらなかったのか、始は破顔して亮子に声をかけた。

「いらっしゃい、亮子さん」

スーツ姿の男性が振り返り、亮子と目を合わせた。

「あ」

「あ」

お互いに、ぽかんと口が開いた間の抜けた顔をした。だがすぐに亮子は苦虫を噛みつぶしたような顰め面になり、睨まれたスーツ姿の男性、不動産業者の土井孝(たかし)はおろおろと視線をさまよわせた。

「な、なんでここに……」

土井がぽつりとこぼした声を聞き洩らさず、亮子は聞き返した。

「仕事です。土井さんこそ、なんでここに？」

「いやあの、自分も仕事です……」

消え入りそうな、か細い声で言うと、踵を返して急ぎ足で店を出ようとする。その背中に始が声をかける。

「土井さん？　どうしたんですか」

「今日はお日柄が悪いようですから、また後日、改めて伺います。どうも、お邪魔しました」

亮子を刺激しないようにという気持ちがあるのが、ありありとわかる。逃げ出したのは良い判断だと言えそうだ。そうでもしてくれないと、亮子は井之頭不動産への不信の気持ちを、ここでぶちまけることになっただろう。

ガラス戸が閉まると、当惑した様子の始が「お日柄って、なに言ってるんだろう」とぼそりと呟いた。

「仏滅なんじゃないですか」

亮子が言うと、始は壁にかけてあるカレンダーの六曜を生真面目に確認した。

「いや、今日は赤口（しゃっこう）だけど」

それ以上、土井が適当な言い訳に使ったお日柄について語り合っても仕方がなかろうと、亮子は始に近づいて頭を下げた。

「先日は、失礼しました」

「え、先日って？」

「ご心配いただいたのに、生意気なことを言ってしまって」

工房を見舞って亮子に追い返されたときのことを言っているのだと、ようやく始は気づき、照れ笑いを浮かべた。

「いや、あれは俺が悪かったんだよ。亮子さんが刺繍を始めたら集中し続けるタイプだって知ってるのに押しかけて。悪かったね」

亮子は静かに首を横に振る。

「いえ、あれは私の、ただのわがままだったんです。今後は、こういうことがないように気を付けます」

また頭を下げた亮子に困り果てた始はこの話を切り上げた。

「どうぞ、上がって。今日はもしかして、納品?」

「はい。見ていただきたくて」

招かれるままに帳場に上がり、抱えてきた風呂敷包みを開く。反物を広げると、始が目を見開いた。

「すごい!　どうしたの、これ」

思っていた感嘆の仕方と違い、亮子はぱちくりと瞬きした。

「どうしたって言われても」

答えに困って言いよどんだ亮子の視線に気づいた始が、はっとした様子で言い方を変えた。

「これまでの刺繍と全然違うよ。一段も二段も腕が上がったみたいだ。なにかあったの？」

祖母と喧嘩して発奮したのだとは口が裂けても言えない。亮子は「とくには」とだけ答えて曖昧に首を横に振った。話しにくいことなのだと察してくれたらしい始は、口を閉じて反物を手に取った。

「本当にすごい。これなら、お客様にも間違いなく満足していただけるよ」

「そうだといいんですが。これではだめだと言われたら、いくらでも縫い直しますから、おっしゃってください」

亮子が生真面目に言うと、始は楽し気に笑う。

「大丈夫、俺が保証するよ。この刺繍は絶対に気に入られる。亮子さんの刺繍の技法と愛情がたっぷり縫い込まれてる」

始に大絶賛してもらって、亮子は雲に乗っているかのように、ふわふわした気持ちになった。立っていたら、スキップしていたかもしれない。

「ありがとうございます、始さん」

「ん？　なにが？」

「私の刺繍を一番最初に褒めてくれたのは、始さんなんです」

亮子は始の目を真っ直ぐに見つめた。

「私の師匠、祖母は褒めるということをしませんでした。良くても悪くても、黙って自分で考えるようにと仕向けるんです。私はいつも自分の刺繍の出来が良いのか悪いのか不安で仕方なかったんです」

その頃の気持ちを思い出した亮子は悲し気に目を伏せた。だが、すぐに気持ちを切り替えて顔を上げる。

「祖母に連れられてこちらに来たときに、社長が留守で始さんが留守番をしていたことがありましたよね」

「ああ、うん。中学生になったすぐから手伝わされていたからね、その頃かな」

「そのときに、私が使っていたカバンは、自分で縫った刺繍の布を使って作った手作りだったんです。手習いのために一面に麻の葉紋様を縫っただけのものでしたけど、始さんは正確な糸目で、整然とならんでいるのが美しいって言ってくれたんですよ。大人が縫ったものにも負けないよって」

始は「ああ」と言って頷いた。

「それなら覚えてる。一目見て、きっと志野さんが縫ったんだろうって思ったんだ。それくらいうまかった。俺もまだ子どもだったけど、小さいころから刺繍はいろいろ見てきてた。本当にすぐに商品として並べられる出来だと思ったよ」

「ありがとうございます」

亮子がはにかんで笑うと、始は照れたようで下を向いた。

「あの日、社長がいなかったのが残念だったな。あれを見ていたら、志野さんだけじゃなくて、きっと学生のうちから、亮子さんに注文するようになっていたと思うよ」

亮子は力なく頷いた。暗くなってしまった亮子の姿に慌てて、始は話題を変えた。

「そうだ、土井さんと顔見知りなんだね」

こっくりと頷いて、亮子はいやそうに眉を顰めた。

「うちに地上げに来ました」

「ああ、亮子さんのところも土井さんが担当だったんだ」

「あの人のほかにも担当者がいたんですか？」

「そうらしいよ。商店会主の会合でそんな話になってたそうだ」

亮子は、はっと思いいたって、勢い込んで尋ねた。

「この辺りの土地は全部買い上げたって聞いたんですけど、まさかこのお店も？」

始は後悔を抱えているかのような重い表情で肩を落とす。

「うん。かなり良い条件を提示されて社長が乗り気になって。うちも経営が苦しいから、思い切って店を畳んでしまおうってことになった。今日はその最終確認に必要な書類を届けてもらってたんだ」

そう言った始の視線が、側に置いたままになっている分厚いファイルに向かう。不動産会社の名前が入った立派なものだ。代々の土地を売れば、このファイルを使うほどの書類に見合った金額を得ることができるのだろう。

「亮子さんにも早く話せばよかったんだけど、なんとか社長を説得できないかと思って、ぎりぎりまで粘ってたんだ」

「そうなんですか……」

一番の得意先である桑折呉服店がなくなってしまう。亮子は途方に暮れた。始は店を存続させたいような口ぶりだし、土井が逃げ出したために最終確認はまだらしい。今からでもなんとかならないだろうか。

「社長は、今日は」

尋ねると、始は亮子の言いたいことを察したようで、申し訳なさそうに視線を泳がせた。

「また会合に行ってる。土地を売るときの注意点なんかをプロから聞ける講習会だそうで」

「じゃあ、もうお店をやめるのは決定なんですか」

「ごめんね」

亮子はショックを隠せないまま俯き、黙った。しばらくそうしていたが、のろのろと顔を上げて、無理に笑顔を作った。

「謝ってもらうようなことではないですから」

「でも、俺の力足らずで……」

「始さんには、本当に感謝してます。社長にもどれだけ助けていただいたか。今まで見捨てられなかったのが不思議なくらいです。最後に良い仕事をさせてもらえて本当によかった」

始は「最後」という言葉を聞いて、視線を揺らした。

「亮子さんは、どうするの。工房を畳むの？」

「うちは売りません」

驚いた始が勢い込んで尋ねる。

「そんなことを言ったって、この辺りは整地されてマンションやショッピングモールが建つんだ。知ってる人もみんないなくなる。その中にぽつんと一軒取り残されてしまったら、きっと暮らしにくいよ」

「いいんです、そんなこと。私は、あそこから動きたくないんです」

「刺繡の仕事なら、どこでもできるんじゃない？」

こっくりと頷いて、亮子は続けた。

「もちろん、刺繡台を置くスペースさえあれば十分です。でも、私にはあの場所にいる意味があるんです」

「もしかして、透子さんが帰ってくるのを待ってるの？」

びくりと亮子は震えた。唐子に同じことを言われたときには驚くほどの怒りがこみ上げた。だが今、始に尋ねられても怒りは湧かないどころか、母を恋しく思う気持ちが切々と胸に迫る。どうして心境に変化があったのだろう。刺繡に愛着を感じたからだろうか、それとも尋ねる人が始だからだろうか。

亮子はそんな考えを押し隠したまま、黙って頷いた。しばらく亮子を静かに見つめていた始が、いたわるように尋ねる。

「透子さんが帰ってきたら、どうするの？　そのときは家を売る？」

「わかりません。本当に母が帰ってくるかもわからないし、母がなにを考えているか、幼い頃から私には、さっぱりわかりませんでしたから」

「そうか……」

始は口ごもり、手持無沙汰を解消しようとするかのように猪の刺繡を施した反物を巻いていった。

「その猪、私、初めて愛おしいと思えたんです」

亮子が話すのを、始は手を止めて聞いてくれる。

「今まで自分の刺繡をそんな風に思ったことはないんです。祖母や母の刺繡ばかり見てきたから、自分の手の粗さを見たくなかった。最近、鏡に映る自分が母にそっくりになってきて、それでも刺繡の腕はちっとも近づかなくて。いらいらすることが多かったんです。でも、この刺繡は違います」

巻き取られる寸前の猪に向かって語りかけるように言葉を続ける。

「刺繡のことを一から考え直してたどり着いた答えがこれなんです。出来が良いと褒めてもらえたのは、すごく嬉しい。でも、もし突き返されていたとしても、私はこの刺繡を愛せると思いました」

始は優しい笑顔を亮子に向けた。

「亮子さんは一流の職人になったね」

顔を上げた亮子は恥ずかしそうに微笑む。

「始さんは褒め上手ですね。私なんか、まだまだなのに。思わずその気になってしまいます」

始は亮子の笑顔を悲し気に見つめ、ぽつりと呟いた。

「俺はこの町を離れます」

「え？」

「親父の知り合いがやってるチェーンの呉服店に就職できることになったんだ。それで、いきなり就職先が他県でさ。ここから新幹線を使っても五時間はかかる田舎なんだ」

苦笑が浮かんだ始の顔を、亮子はじっと見つめた。もう、始に会えなくなってしまう。

それは仕事が減って生活が厳しくなるという事実よりも先に頭に浮かんだことだった。

幼い頃に刺繍の梅が散ったことと、どちらが辛いだろうかと考えるほどに心を重くした。

幼い頃から馴染んだこの場所がなくなる。それどころか、ここから始がいなくなる。

それをどう受け止めればいいのかわからない。

「両親は近所に引っ越して、この辺りでなんとかやっていくらしいけど、俺は就職したら、そうそう帰ってはこられない。亮子さんに会えることも、めったになくなるんだろうな」

寂しそうな始の声に亮子は心が騒ぐのを感じた。始は黙りこんで、反物をしまうと立ち上がった。

「お茶も出さずにごめん。淹れてくる」

「いえ、いいです。お暇いたします」

亮子は深々と頭を下げると、風呂敷を簡単に畳んで立ち上がった。始は姿勢を崩さないまま、じっと亮子の背中を見つめている。靴を履いて振り返り、もう一度お辞儀して外へ出ようとした亮子に、始が声をかけた。

「本当に亮子さんは、一人で工房をこの町に残すの？」

亮子は静かに頷いて、俯き加減に店を出た。

第四章

ああ、これは夢だなと、はっきりと感じた。何度も繰り返し見る夢、繰り返す悪夢。亮子は中学校の家庭科室に刺繍台を置き、刺繍を縫っている。

縫っているのは黄色の蝶、あの日と同じだ。布の下から針を押し出し、布の上で針を受け取る。布の上から針を下ろし、布の下で受け取る。小さな蝶はあっという間に縫い上がる。一匹、二匹、三匹。次々に布から飛び立つ。蝶は無数に縫い上がり、教室の中は黄色の靄が渦巻いているかのようになる。かたんと戸口で音がする。知っている、誰もいない。そこにいたはずの誰かは、姿を隠して見えないのだ。きっと陰に潜んで人に言いふらす算段を立てているのだ。

亮子は立って行って戸を開ける。誰もいない廊下に首を突き出し、左右を覗く。ほら、もう盗み見の犯人は逃げた後。そのとき、ふっと香りがした。嗅ぎなれた防虫香、白檀と丁子、それに強い桂皮の甘い香り。始さんだ。見ていたのは始さんだったのだ。

開いた戸の隙間から黄色の蝶が飛び出す。何百という蝶が群れをなして飛んで行く。だめ、戻って。これ以上見られるわけにはいかないの。私の秘密を知られるわけにはいかないの。だって、きっと嫌われてしまう。この気持ちを知られてしまったら、もう二度と……。

ふと、目が覚めた。カーテンを引いたままでも部屋の中が薄ら明るい。この感じではもう昼を過ぎているかもしれない。のそりと布団から体を起こす。なにか夢を見ていた。よく覚えていないが、なんだかとても懐かしく、そして切ない思いが残っている。無性に寂しかった。一人きりでいたくなくて、着替えもせずに居間に行く。

「見事な寝ぐせだね。顔も洗わずにうろうろしているのかい」

いつもどおりの祖母の声に、ほっと気持ちがやわらいだ。

近隣の建物の取り壊しが始まった。築百年近い家もある古い町屋が立ち並ぶ狭い道を、何台ものトラックが一日中ひっきりなしに走り回る。そのために地響きがすごくて針先がぶれる。騒音で集中力が削がれる。井之頭が言っていたのはこういうことかと亮子はため息をついた。

幹線道路から離れた静かな町で育ったために、騒音には慣れていない。日々、ストレスが溜まっていくのを感じていた。こんな状態ではまともな刺繍など縫えない。桑折呉服店が閉店準備を進めているために特段の注文もない。新しいものを縫って、新規の取引先を開拓しなければならないのに、そんな気も起きない。

だが、なにもせずにぼんやりしていると、いろいろなことが頭をよぎり落ち着かなかった。大口の取引先を失くすこと、やっと刺繍の世界に身を入れられるようになったのに縫うべきものがないこと、母の考えていたことがなにか少しもわからないこと、始がいなくなってしまうこと。

なにか、ほかのことをして気を紛らわそうとしても、したいことは刺繍だけだということがわかった。ほかのなにものも、刺繍の代わりにはならない。だが、騒音にまみれていると、縫いたいものが思いつかない。仕方なく、初心に戻って、使い込んだ図案集の基本の紋様を縫おうとページをめくる。大切に使っているつもりだが、そうとう傷んできている。大きくページを開けば、びりびりと破れてしまいそうだ。もうこれは使わない方がいいのかもしれない。祖母が作ってくれた手作りの本だ。代わりはきかない。

刺繍の手順はすべて覚え込んでいるが、祖母の手書きの図案を使って縫えば、なにかが変わりそうな気がしたのだが。自分の根幹を揺さぶられるような力が志野の図案集にはあるのではないかと思ったのだ。

またトラックが工房の前の道を走っていく。がたがたと大きな音が鳴る。箪笥も揺れるが、一番音高く鳴るのは押入れの中身だ。いつか雪崩が起きるのではないかと前々から思ってはいた。今のうちに少しでも整理しようと襖を開いた。

懸念していたとおり、押入れの上段に積んでいる予備の木枠や撞木が崩れそうになっていた。片っ端から下ろしていき、くくれるものは紐で結んで、落ちてこないように積み直した。下段もかなり位置がずれてきている。手前のものを引っ張り出すと、母の道具が入った長持ちが目に入った。

「そうだ」

ぽつりと呟く。母も祖母から刺繡の手ほどきを受けたのだ。同じ教本を使ったとしてもおかしくない。亮子は立ち上がると、かたづけないままの雑多なものたちを押入れに適当に突っ込んで母の部屋に向かった。

母が消えてから、この部屋は閉め切っている。母の行方が摑めないかと、祖母が一度は探索したが、そのあとは窓も開けていない。廊下に立ち、襖を開けると、畳には埃が積もり、黴臭かった。簡単に掃除機をかけて通路を確保して窓を開け放つ。部屋に吹き込んだ風が埃を舞い上がらせた。慌てて窓を閉める。もう一度しっかりとした掃除をする気にもなれず、今は目的の図案集探しに専念することにした。

ぐるりと見渡す。母がいたときとまったく同じ室内なのに、母はいない。そのことがいまさらながらに不思議で、亮子はぼんやりと母のことを思い出した。

気まぐれな人だった。約束は半分も守ってもらえない。母の移り気のために、だめになった行楽やプレゼントは数知れない。

それでも亮子がなにも言わずに我慢したのは母がとても美しい人だったからだ。絵本の中に出てくるお姫様のように美しい女性は、どんなわがままを言ってもいいのだと亮子は思っていた。自分は違う。平凡な顔立ちの自分には、わがままを言ったり、我を通したりする権利はないのだ。

母が消えた日も、そんなことを考えていた。母はきっと、悪い魔法から自由になった王子様のところに行ったのだろう。祖母もそんなようなことを言っていた。だから、悲しむことはない、ハッピーエンドなのだから。ただ、置いて行かれた自分と祖母が、絵本の中の登場人物ではなかったというだけのことなのだから。

そう言えば、とふと我に返った。置き去りになっていた母の刺繍道具の中に、普段縫っていたものを記した自作の図案集はなかった。母は性格のとおり、刺繍もかなり自由に縫っていて、基本の図案を確認していくようなことはしていなかった。もしかしたら、祖母の図案集など、もう処分してしまっていただろうか。亮子は今にも図案集が捨てられそうになっているかのような焦りを感じて、慌てて捜索を始めた。

本棚の隅、化粧台の引き出し、衣裳簞笥の引き出しと次々開けてざっと見てみた。だが、すぐに手の届きそうな、それらの場所には見つからない。

押入れだろうか。この部屋も雪崩落ちそうになっているかもしれないと、細く襖を開けて覗いてみた。だがその心配はまるでいらなかった。母の押入れにはほとんど物がなく、すかすかだった。

襖を全開にすると、窓から差し込んだ日光が押入れの奥の壁まで届いて、まっ白に輝く。上段には裁縫箱と、喪服が入った和装バッグ、それと、いくつかの靴箱が積んであるだけだ。

下段を覗くと、金庫があった。耐火金庫というやつだろう。一抱え以上あり、泥棒が入っても、一人で持っていくには重すぎるように思われた。取っ手を引くと、鍵はかかっておらず、すんなりと開いた。中には数枚の書類があった。保険証券や土地の権利書など、いかにも金庫に入れそうなものばかりだ。こんな大層なものを鍵もかけずに入れておくとは、母はやはり奔放が過ぎるように思う。それとも、残された者たちが困らないようにと、わざと開けて行ったのだろうか。

金庫の鍵のありかなど知らない。このまま不用心にするよりはと、ほかの貴重品と一緒に書類も仏間の手文庫に入れようとまとめていると、金庫の下にも書類が入り込んでいることに気づいた。金庫の足が高めなため、ぎりぎり指が入り、引っ張り出すことができた。それは、探していた図案集だった。母が金庫に入れようとして取りこぼしたのだろうか。ページをめくってみると、新品のように折り目もなく、使用感がなかった。いくら母でもまったく図案集を使わなかったということはないだろう。祖母は厳しい師匠だ。覚えられない図案をおさらいしなければ、すぐにお尻を抓り上げられた。

とにかくこれで目的は達した。亮子は重要な書類と図案集を抱えて部屋を出た。母の部屋の襖を閉めてしまうと、今あったことが全部夢のような気がした。無人の部屋、積もった埃、荷物のない押入れ。それは全部夢で、目覚めたら昔のように、母が工房で針を使っているのではないだろうか。

そんなばかな妄想を振り払うように頭を軽く振り、亮子は廊下を歩いて行った。

工房で自分の図案集と母の図案集を並べてみた。違和感を覚えて、じっと観察する。まず、文字が違った。似てはいるが、母の図案集の文字は祖母の手とは大きく違った。そう言え筆文字ではない。筆文字をトレースしてボールペンで転写したような感じだ。そう言えば、紙も違う。祖母は和紙で作っているが、母の図案集は普通の洋紙だ。ページをめくってみると、書かれている内容も違った。古典的な図案がいくつか削除され、代わりに母が考案したらしい現代的なものが描きこまれている。ぱらぱらとページをめくっていく。見たことがない図案を見るだけで楽しい。縫ったことがない図案にわくわくしたまま裏表紙を閉じると、そこに名前が書いてあった。

「いおつ　りょうこ」

母の筆跡で、ひらがなで書かれた亮子の名前は、読みやすいようにだろうか、かなり大きな文字だ。

「私の……図案集？」

亮子はもう一度、ページを最初から最後まで見直してみた。普段、亮子が使う図案はほとんどが残されていて、削除されているものは、現代の和服には使いづらいものばかりだ。そこに付された母の考案した図案は、洋服にでも使えそうで、幅広く活用できそうだった。祖母が作ってくれた図案集と比べても、見劣りするものではない。

母が亮子のために作ったとしか思えなかった。亮子に渡すことなく押入れに入れられたのは、母が亮子に刺繍を禁じたせいだろう。怪異を起こす亮子の刺繍を世に知られないために、この図案集はひっそりと隠されたのだ。

亮子の胸に切々とした思いが込み上げてきた。母が消えてから十年、湧いてきては見ないようにして押し隠し続けた気持ちだった。寂しさと、思慕の情。母に会いたかった。亮子は透子の部屋に取って返した。なにか他に見落としはないだろうか。祖母が見つけられなかった、透子の行く先を知らせるなにかは。

小走りに母の部屋に戻る。襖を勢いよく引き開けると、今度は丹念に部屋の中を探し始めた。化粧台の引き出しから置き去りにされた化粧品を全部取り出してみたり、本棚の本をぱらぱらとめくってみたりした。だが化粧品の瓶に暗号が書かれていることも、本の間に書き置きが挟んであることもなかった。

衣裳簞笥も一段ずつ、入っている衣服をすべて引っ張り出した。透子は大きな和装簞笥に和服も洋服もごっちゃに入れて使っていた。一番下の段は、たとう紙に包まれた和服が五枚と帯が三本。二番目も和服で、礼装用の黒紋付や羽織のたとう紙の上に、足袋や帯締めなどの和装小物が乱雑に積んである。三段目は下着。洋装のものも和装のものもまとめて入れてある。その他にTシャツや夏物のシャツも入っている。最上段はジーンズやセーターが丸めて入れてある。一枚ずつ広げてみていると、奥の方に二本、隠すように反物が詰め込まれていた。色鮮やかな古典模様のウグイス色の反物と、それに合わせたような華やかな山吹色の帯地だった。

反物を広げてみる。ボタンの花が咲き誇るなかを蝶が舞い、熨斗がはためく、総柄の友禅だった。どう見ても振袖用の反物だ。帯地の方も広げてみる。こちらは刺繍を縫っている途中だった。透子が得意とした花鳥風月の紋様だ。どれもあと一歩のところで縫い止まっている。花弁の端だけ下絵が見えていたり、鳥の翼が半分だけしか縫われていなかったり。一つの題材を縫い上げてからでないと、次に移らない透子にしては、奇妙な縫い方だった。まるで、縫い上げたいのに縫い終わるのが怖いと思っているようにも感じられる。じっと刺繍を見ていても、謎の答えにはたどり着けず、亮子は反物と帯地を持って居間に入った。

「おばあちゃん」

卓袱台の上に反物と帯地をのせる。いつもなら「食事をする場所に反物をのせるな」と、がみがみ叱られるところだが、今日の志野はなにも言わない。透子の刺繍をじっと見つめている。

「これ、私のだよね。私用の振袖と帯だよね」

志野は喋らず、身動きもしない。

「どうして、帯の刺繍。この刺繍、もうすぐ出来上がるのに、縫ってしまわなかったんだろう」

亮子は体の力が抜けて、すとんと座り込んだ。膝を立てて両手で抱く。子どもの頃の亮子の癖だった。透子がいなくなってから、そんな座り方をするようになり、ことごとに志野が叱り、やめさせたのだ。だが、なにも言わない。

「ねえ、おばあちゃん」

「あたしは知らないよ」

志野の声が冷たいものに聞こえて、亮子は顔を上げた。志野はいつもと変わらぬ澄ました表情だ。

「あの子のことなんて、あたしにわかるものかね。なにもわからないのは、あんたと一緒さ。ただ、一つだけわかることがあるよ」

志野は透子の刺繍をじっと見つめた。

「この刺繍には思いがこもっている。あの子のことはわからないけど、この帯の良さはわかるよ。あんたはどうだい」

確かに、帯はすばらしかった。透子が残していったどの作品とも比べ物にならない。鳥は今にも歌いだしそうで、月は優しく夜道を照らしてくれそうだ。こんなに深く心に迫る刺繍を亮子は見たことがなかった。

「もしかして、私の二分の一成人式用に準備していてくれたのかな。だったら、なんで縫い上げてくれなかったんだろう」

　亮子の小学校で二分の一成人式が行われたその日、透子はいなくなった。気まぐれに出ていったのかと思っていたが、わざわざ日を選んだのだろうか。考えてもわからないことだ。それに十年も前のこと。亮子も透子の気持ちを知ろうとは、もう思わなくなっていた。

　だがそれは、透子のことを忘れたのでも、会いたいと思う気持ちが薄れたのでもないのだと知っている。この帯を見ていると透子のことを慕う気持ちが満たされていくような気がする。欲しかった母親のぬくもりが、たっぷりと宿っているように思う。

「私も、こんな作品を作りたい」

　亮子はぽつりと呟く。

「誰かの心に響く刺繍を縫ってみたい」

　心がしんと静まったのを感じた。帯は亮子の心に開いていた穴を優しく包み込んでくれるようだ。母が消えた日に感じて、それから癒されることのなかった喪失感や虚無感が消えていく。

「今ならまだ間に合うんじゃないかい」

　志野が言った。思い出に浸っていた亮子は、なんのことかと志野を振り仰いだ。

「十年前には渡してもらえなかったけど、今度は間に合うんじゃないかい、あんたの成人式に」

「あ……」

壁のカレンダーを見上げる。十二月も中旬に入った。亮子は和裁はできない。振袖も帯も、成人式までに仕立ててもらおうと思ったら、もう注文していなければならないだろう。仕立てが立て込むこの時期、今すぐ頼んだとしても間に合うかどうかわからない。亮子はすっくと立ち上がると、反物を持って工房に入った。

工房は冬の弱い日の光では暖まりきることがない。それに加えてすでに日没を迎え、身を切られるように寒かった。ストーブに火を入れ、体が火照って刺繍の邪魔にならないように、ある程度離した場所に置く。刺繍台に帯地を張り、糸を綛る。透子が使った色を再現するために、刺繍に目を近づけて縫ってある一本ずつの色を見ていく。何度も試行錯誤して、必要な糸すべてにおいて、ほぼ同じ色を出せたときには深更に及んでいた。だが、手を止める気にはなれなかった。早くこの糸を帯に縫い込んでみたい。亮子は止まらずに手を動かし続けた。

初めに、鳥の羽に針を刺した。平縫いという面を埋める縫い方が施してある。その縫い目に合わせて平行に糸を継いでいく。亮子は鳥には詳しくないが、どうやら極楽鳥らしいと思われた。羽の色が途中でグラデーションになり朱色から白へと移り変わっていく。その朱色の繊細な根元を縫っていると、透子が縫った部分と、亮子が縫った部分が、分けがたく合わさり、一つの羽を形作った。目を離してみると、どこまでが透子の手で、どこからが亮子のものなのかわからない。母と同じ手を持っている、母と同じところまでたどり着いたことに、亮子は言い知れない満足を感じた。

金糸で縫ってある月も、欠けを抜い足して満月にする。風を表すためになびかせてある笹の葉脈を薄い黄色で縫う。ふと手が止まる。最後に梅の花が残った。咲き誇る紅梅の一輪だけが縫い残されている。梅は苦手だ。だが、母の手を真似て縫えば、すばらしいものが縫い上がるのではないだろうか。亮子は刺繍の梅に目を近づけて、一針ずつの糸の動きをたどりながら、その流れを再現して、手許に新しい一輪を咲かせた。

背筋を伸ばして全体を見る。梅の花が咲き誇り、極楽鳥がくつろぎ、笹が風に揺れ、満月がそれらを照らす。あまりにも美しい刺繍にうっとりと見入った。これが自分の手が入ったものだとは信じられない。最初から最後まで、すべて透子一人で縫ったものなのではないだろうか。自分が縫い足したというのは、うたたねの夢の中のできごとなのではないだろうか。だがすぐに、それは間違いなく自分が触れたものであると証明された。

どこかで鳥の声がした。と思うと、帯の中の極楽鳥が羽を広げ、ばさばさと羽ばたき、飛び立った。部屋の中を強い風が吹き、笹をなぎ倒し、鳥を床に叩きつけ、ストーブの火をかき消した。帯の中の月はどんどん欠けて帯地の色さえ退色したかと見えるほど暗くなった。そうして梅は、はらりとこぼれて風に舞った。

亮子はただ茫然と見ていた。自分のために縫われたものを、台無しにしてしまった。たった一つ残された母の思いが消えてしまった。今このときほど、自分の異能を疎ましく思ったことはない。

刺繍など一針も縫われたことがないような、まっさらな帯地が目の前にある。鮮やかな山吹色だ。きっと透子はこの色を見て、満月の光に照らされた花鳥を思ったのだろう。亮子にも、この帯地は月の光に輝いた道のように見えた。だがその道は、もうどこにも通じてはいなかった。ここが行き止まりだったのだ。亮子はどこへも行くことはできない。

寂しかった。どこまでも続く夜の砂漠の真ん中に一人きりで立っているかのようだった。灼熱だった昼間のことも、氷のように冷えた夜の中で、もう思い出せない。なぜ今一人ぼっちなのか理解できない。誰か、誰か――。やみくもに叫んでみても声は冷たい砂に吸い込まれて消える。星明かりもない夜闇に、頼れるものはなにもない。進む方向を示すものさえなにもない。

お母さん、どこへ行ったの。

その言葉を発することは、とうとうなかった。母がいなくなったと声を上げて泣けるほど幼かったならば、こんなに苦しみはしなかったのかもしれない。母を失くした自分と、娘を失くした志野のどちらが辛いかと思い悩んで、どちらとも答えは出なかった。問うてみようと見上げた志野の無表情の中に、寂しい瞳を見つけてしまった。そうして選択したのが沈黙だった。

声を殺しているうちに、声を出すことが怖くなった。人と話をしたくなくなって、刺繍ばかりをするようになった。心のよりどころはこの糸だけなのに。帯地から飛んで、吹いて、欠けて、枯れて消えたすべての糸を、亮子は思い出そうとした。母が縫った手の跡を思い出そうとした。だが、すでにそれは亮子が新しい糸で覆い隠して吹き飛ばしてしまったのだ。母の痕跡は見つからない。

手足から力が抜けた。だらりと腕を垂らして座り込む。持っていた針が畳の上に転がった。ああ、針までもが、この手を離れる。空いた手を顔の前に持っていく。ふるふると小刻みに震える両手は寒さにかじかみ、まっ白になっている。母の滑らかな細い手とは比べ物にならない。家事で疲れた、ごわごわした皮膚、手入れの悪い爪。こんな手は絹糸を触るのにふさわしくない。

絹糸は母のような美しい人にこそ似合うのだ。陶器のような肌、サンゴのように薄赤い指先、柔らかく撓(しな)ってどんな硬い布地にも負けない強靭さもある。汚れたことなどないような、美しいあの手。あの手に私は抱かれたことがあっただろうか。いつも思い出すのは刺繡を縫っている背中ばかり。私の母は、いったいどんな表情をしていただろうか。どんな笑顔だっただろうか。

ふっと部屋が真っ暗になった。停電、と思ったが、隣の居間の明かりが襖の隙間から差してきている。蛍光灯が切れたのだ、取り替えなくてはと思うのだが、体が動かない。ストーブが消えてから部屋の温度は下がる一方だ。早く立ち上がらないと、凍えてしまう。暗い中、手探りで立ち上がるためのよすがを探した。手足の力が抜けて、とても一人では立ち上がれない。手を突き出すと、刺繡台に触れた。ぴんと張った布に触れる。つやつやとした生地が指に心地よい。どこまでも真っ直ぐな平原のような広がり。それは汚れのない完全な静けさで、そこにある。亮子の指にひんやりとした布が吸い付くようだ。

ここに花を咲かせたい。ふと亮子は思った。冷たく平らでなにもかもが散り落ちていく世界を変えたい。

心が寂しさに、一人きりの世界に震えていた。この布は自分の心のようだ。引っかかるものはなにもなく、誰に見られることもなく、誰のためかもわからないまま十年も暗い場所に押し込められて。

ここから解放してやりたい。亮子は立ち上がると、居間との間の襖を完全に開け放った。差すのが細い光でもいい、すぐに縫いたかった。下絵はない。糸も消えてしまった。だが今、透子の刺繍はすべて亮子の目の中にありありと浮かび上がる。

糸を縒る。一度縒った糸の色はすべて覚えている。それぞれの釜糸を一本ずつの菅に分けて色を合わせる。初めは極楽鳥の羽の朱色を作るため、赤、黄色、白の菅糸を二本ずつ一組にして、二組の糸を縒っていく。糸を左手でつまみ、右手のひらの付け根近くに当て、手を擦り合わせるようにして上へ向かって糸を転がしていく。まるでなにかを拝むような動きだ。神か仏か、それとも亡くなった人への報恩か。

二度縒ったら、口にくわえて、もう一本、同じように縒る。二本の糸を合わせて右手の指先でつまみ、左手のひらの付け根にあて、上へと糸を縒り合わせる。これでようやく一本の刺繍糸が出来上がる。帯地の上に花鳥風月を縫い終わるまでに何本の糸が必要になることか。何度の祈りを捧げることか。亮子は刺繍の世界にかしずく守り人のように一本一本の糸を縒っていった。

出来上がった刺繍糸で帯地を埋めていく。月は、面を覆いつくす菅縫いでわざと粗く縫う。おぼろ月の風情が出て刺繍全体が柔らかく見えるように。

笹は風に揺れている儚さを出すために、線を縫いだすまつり縫いで緑の部分と白い葉脈を縫い、帯地の色を表に見せるようにする。

極楽鳥は見るからにふさふさするように刺し縫いという縫い方にする。一針ごとに長短を付けて面を縫う。長短ばらばらに縫った段の上を、短い縫い目だけ継ぐように二段目を縫う。三段目も背丈の足りないところだけ縫っていくことで、立体感を出す。

最後に梅を縫う。ふっくらとした様子を表すために肉入れする。本縫いする前に、花弁部分を数度縫って厚みを出すのだ。菅縫いを重ねて、縫いきりで本縫いをすると肉感的な梅が立ち現れる。

月の淡い光が鳥を、風を、梅を輝かせる。雲に覆われた月の光は複雑に反射して世界を山吹色に染める。山吹色の世界は静かに静かにいつまでも続く。

ここには一つの完全な世界があった。時も止まるほどの完璧な世界。月も鳥も風も花も散ることなく、去ることなく、この一瞬に生きている。

ああ、ここにあったのか。亮子は刺繍をそっと撫でた。ずっと欲しかった祖母の、母の目指した世界はすぐ目の前にあったのだ。生きているということは一瞬、一瞬の積み重ね。その一瞬を切り取って刺繡は成り立つ。

動いてしまう自分の刺繡は、いつでも変わりたがっていた自分の心そのものだ。帯の刺繡からはそのことがはっきりと見て取れた。

今まで自分は動かないことこそが完全なものを作るのだと思っていた。変わらずある工房、変わらずある刺繡の技法、縛り付けたようにじっとしている動植物。それを抱えこみ、身動きができなくなってしまっていた。

ここで変わらずに続くものがある、それを愛することは間違いではない。だが変わらないと思うものさえも、この一瞬にきらめき、生きている。その輝きが次の一瞬には違う輝きを放つ。だからこそ、明日の刺繡は明日をきらめかせることができる。

亮子は愛おしくて愛おしくて、布の上にそっと頰をつけた。この世界を縫い出すことができる幸せで胸の奥がぽっと温かくなった。

「ぬし、ぬし」

膝に柔らかなものが押し当てられて、亮子はふっと目を覚ました。

「こんなところで寝て、風邪をひくぞ」

膝元に唐子がいて、亮子の膝をぐいぐいと押していた。どうやら刺繡台に寄りかかってうたたねしていたようだ。いつの間にか夜が明けていて、すでに近所では工事が始まっているようだった。トラックが轟音を立てて通っていく。工房はすっかり冷えて、亮子は身震いした。

「ほらほら、早く部屋へ行こうぞ。暖かい布団に入ろ」

ここのところ寝苦しいと思っていたら、どうやら唐子が布団に忍び込んでいたらしい。猫のようなやつだ、油断できないと思っていると、唐子がおびえたように言う。

「わしを切るつもりじゃな」

亮子は、ふと笑った。

「そんなつもりはないよ。あんたがいたいなら、いつまでもここにいていいんだよ。でも、もし布の上に帰りたいなら、帰してあげる」

唐子は後ずさりながらびくびくと尋ねる。

「どうやってじゃ」

「居心地の良い庵（いおり）を縫ってあげる。独楽も竹馬も、好きなおもちゃもなんでも。あんたが帰りたい場所を縫ってあげるよ」

唐子は得心がいかないという表情をしていたが、しばらくして、ふと満面に笑顔をたたえた。

「友が欲しいぞ！　一緒に遊ぶのじゃ、凧揚げをするのじゃ！」

亮子は優しく微笑んだ。

「訪問着に縫った唐子が羨ましかったのね」

「羨ましい？　あやつらは不細工だったがのう、羨んだかのう」

唐子は難しい顔をして考え込んだ。しばらく待っても答えが来ず、亮子はくすくすと笑いだした。

「わかった。ありったけのおもちゃを俺にしまおう。友達もたくさん作ろう」

「やったのじゃ！　友じゃ、友じゃ！」

唐子は嬉しそうに飛び回った。

突然、ぴたりと立ち止まり、真面目な顔で亮子を見上げる。

「だがな、ぬしが一番の友じゃ。これは終生、変わらんぞ」

あまりにも、しかつめらしい表情がおかしくて、亮子は笑い出した。

「ぬし、なぜ笑う！　わしは本気じゃ！」

「わかってるよ、わかってる。ありがとう」

ひとしきり笑って、浮かんできた涙を指で拭って、亮子はもう一度言った。

「ありがとう。友達」

仮眠を取って、昼頃、唐子のために浅葱色の縮緬を出した。トラックが通るたびに刺繍台もかすかに揺れるが、もう気にもならない。刺繍を縫いたくて仕方がない。

一昼夜をかけて、広々とした浅葱色の布に、唐子の友達を四人、奥行きのある庵を一軒、木登りしやすそうな桃の木を一本、縫い上げた。

「ほら、見てごらん」

唐子を呼んで抱え上げる。刺繍台の上の刺繍を見せると、唐子はきらきらと目を輝かせた。

「友がたくさんおるぞ！　それに桃の木もある！　そうだ、ぬし。爪はどうした、爪はどこじゃ」

「庵の中にちゃんと縫ったよ」

唐子は安心したのか、快活な笑みを見せた。

「それなら良い。安心したぞ」

嬉しそうに足をぱたぱたと振っている唐子に、亮子が尋ねた。

「ここに、帰る？」

唐子は嬉しそうに頷いた。亮子は唐子を畳に下ろすと、糸切り鋏を手に取った。

「なにをする！　わしを切る気か！」

「ちょっと端っこを切るだけよ。解さないともう一度縫えないでしょう」

唐子は逃げ出し、刺繍台の馬の陰に隠れて尻だけを突き出した。そこにぴょんと飛び出した糸を、亮子はそっと引っ張る。鋏を入れずとも、解けかけていた糸は、するするとどこまでも簡単に伸びた。

「ぬしはせっかちが過ぎる。それにおっちょこちょいじゃ。もっとよく見てよく考えてから行動せよ。あやうくわしは一刀両断されるところだったぞ」

「ごめん、怖がらせて」

真面目に謝ろうとしたが、唐子の脅えっぷりがおかしくて、亮子は笑いをこらえた、くぐもった声で謝る。唐子はそれで満足したようで馬の陰から出てきた。

「まあいい。一刻も早くわしを布の上に帰そうという気概からのできごとであろ。良いことじゃ」

話している間にも、唐子の尻からズボン、靴と糸が解けている。引き続けると、上着が解け出した。

「ああ、もうそろそろお別れじゃな。次に会うときは布の上か。そうだ、ぬし。わしの布をどうするつもりぞ」

亮子は糸を引きながら、考え込んだ。

「どうしようか。この布だと風呂敷には大きすぎるし、花嫁衣裳には小さすぎるし」

唐子がにやにやと意地の悪い笑みを浮かべた。

「ぬしも年頃じゃ。花嫁衣裳の夢も見るんじゃなあ」

かちんときて言い返そうとした亮子だが、ぐっとこらえた。怒鳴ってしまったら、唐子の声が聞こえなくなる。もう二度と。

「ぬし、どうした。不細工な顔が、さらにひどいことになっておるぞ」

「誰がひどい顔よ」

「ぬししかおらぬ」

どうやら本気らしい唐子の言い草に、亮子は噴きだした。

「どうした、本当に。頭がいかれたか」

「普通です。それよりあんた、もう顔しかないこと、気づいてる？」

亮子の手の中にはたっぷりと糸が手繰り寄せられている。唐子はまっ白な顔に満足げな笑みを浮かべて、頷いた。

「知っておるとも。ぬしの刺繍の腕もな。ようよう、良き男前に縫っておくれ。頼んだぞ」

するりと糸を引き終わった。唐子は数本の糸になって、手の中に収まっている。先ほどまでやかましかったのが嘘のように、ひんやりと静まっている。

「待っててね、すぐにお友達と遊べるから」

亮子は刺繡台に向かい、針に糸を通した。

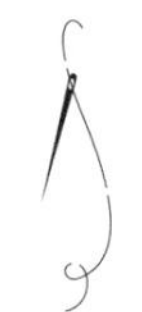

翌朝、亮子は刺繡を入れた山吹色の花鳥風月の帯地を抱えて桑折呉服店を尋ねた。

「これは……、すばらしい」

呟いた浩史は呆然として、言葉を失った。亮子が縫い上げた帯地をそっと撫でる。刺繡は艶やかにどこにも疵一つなく、針目も糸目も見えないほど、まるで最初から織り上げられていたかのように、ぴたりと帯地と馴染んでいる。それでいて糸の重なりは立体的であり、刺繡独自の存在感はしっかりある。

同じように浩史の隣で帯を見つめる始がぽつりぽつりと呟く。

「絵柄の配置がすごい、もとからここに刺繡される運命だったのかな。ぴったり来てむだがない。色合いも調和しているのに、それぞれが際立って見える」

浩史がぼんやりと「うるさい」と小声で言った。

「少しは黙っておれんのか。こんな逸品を言葉で語れるものか」

絶賛されて、亮子は気恥ずかしくなってきた。急いで話を進めようと口を開く。

「それで、仕立てをお願いしたいんです。直接お願いできるお針子さんの知り合いがいないものですから、社長から紹介していただけないかと思いまして」

浩史は無理やり力ずくという感じで、帯から目を離して、ふうと大きなため息をついてから話し出した。

「もちろん、かまいませんよ。地のままでこんなにすばらしいものだ、縫い上がりを見るのが楽しみですよ」

なぜか浩史が丁寧語を使うことに気づいた亮子は内心で首をかしげた。また浩史が帯地に目を落としたので、熱中して言葉を失う前にと振袖用の反物も差し出した。

「こちらも、振袖に仕立てて欲しいんです」

始の顔がぱっと明るくなった。

「そうか。来年、成人式なんだね」

「はい。できれば、成人の日までに間に合うと嬉しいんですが」

浩史が壁のカレンダーを見上げる。書類棚を覗き、ぱらぱらと一冊の帳簿のページをめくって頷いた。

「なんとか入れ込めそうなお針子さんがいますよ。超特急で頼みましょう」

「お願いします」

深く頭を下げる亮子を、浩史は満面の笑みで見返した。

超特急と言ったのは本当に実行されたようで、年明け一番に仕立て上がりの帯と振袖を受け取ることができた。品の確認のために店頭で、たとう紙から帯を取り出したときも、浩史は魅入られたように目を離せず、始も接客途中であったのに、ちらりと覗きに来た。居合わせた客も興味津々で見に来て、亮子の帯は、わいわいと褒めちぎられた。

振袖と帯に小物を合わせようと、浩史がいろいろな色合いの掛け襟や帯締め、帯揚げなどを持ってきては当ててみる。

「振袖は五百津さんの身長の高さに合うような大柄だから、普通なら帯も全通（ぜんつう）の柄の多い帯にするところだろうけど。太鼓帯（たいこおび）で大人っぽさを出すっていうのは良いアイディアだと思いますよ。さすが透子さんだ」

帯の図案は透子が選んだものだと話してからも、亮子の刺繍ばかりを褒めていた浩史が、初めて透子のことを褒めた。亮子は今まで浩史が透子のことを褒めているのを聞いたことがないことに気づいた。もしかしたら、透子がいなくなったことを悲しんでいたのは桑折呉服店の皆も同じだったのかもしれない。

成人式当日、亮子は自分で振袖を着た。もし帯が全通柄で飾り結びをした方がいいようなデザインだったなら、人の手を借りねばならなかっただろう。煩雑にならなかったことを透子に深く感謝した。

昨晩も遅くまで刺繍をしていたため、かなりの寝坊だった。のんびり着付けていたら式典に間に合うか間に合わないか、ぎりぎりの時間になってしまった。自室から駆け出して居間に飛び込む。

「騒がしいねえ。そんな恰好で暴れるんじゃないよ」

志野にいつもどおり叱られて、思わず言い返そうとした口を、晴れ着の亮子は慌てて塞いだ。

「ほら、さっさと行かないと遅刻だろ」

「おばあちゃん、それ以外の言葉はないの？」

「あんたこそ、なにかないのかい」

亮子は、しばらく考えてみた結果、両手を揃えて、ぺこりと頭を下げた。

「行ってまいります」

「はい。いってらっしゃい」

それ以外にも言いたいことはたくさんあった。だが、今は本当に時間がない。ゆっくり語るのはまたの機会にしよう。本当に話すべきことを話すには、まだ少し時間が欲しかった。

成人式の会場に着くと、式典が始まっているはずなのに、会場の外に新成人が多数たむろしていた。ぎゅうぎゅうと満員電車のような人込みを掻き分けて進んでいると、少し離れた場所から声をかけられた。

「五百津さーん！」

振り向いて見ると、振袖姿の、高校時代の同級生が手を振っていた。顔は覚えているが名前が出てこない。話したらそのことがバレるかもしれないと、内心びくびくしながら彼女が近づいてくるのを待った。

「久しぶり！　きゃー、振袖かわいい！」

「ありがとう。えっと、あなたも似合ってる、振袖」

「えー、本当に？」

名前を呼ばなくてもなんとかなるとほっとして、亮子はきちんと同級生に向き合った。

「五百津さんの帯もすごーい。これ、全部刺繍？　どこで買ったの？」

亮子の周りを二周して言った言葉に、亮子は軽く頷いてみせる。

「うち、刺繍工房だから」

「ああ、そう言えばそうだったね。じゃあ、おばあさんの手縫いだ」

亮子は首を横に振る。

「祖母はもう刺繍はしないから」

「あ……。そうか、そうだったね」

なんとなく気まずい空気になってしまい、同級生は視線をさまよわせた。

「あ、あそこ！　みんないるよ！」

指さされたところを見ると、たしか同級生だったような気がする一群がいた。さすがにあの人数と話さなければならないとなると、名前が出てこないことがばれてしまう。逃げなければ。

「えっと。私、式典に行くから、また今度」

「あははは、さすが五百津さん。真面目に式典に出るんだ。きっと退屈だよ。居眠りしないように気を付けてね」

手を振り、別れて式場に入ると、人はほとんどおらず、がらんとした印象だった。椅子に座ると、とたんに眠気が来た。ここ数日、詰めて刺繍をしていたために睡眠時間が明らかに足りていなかったのだ。式典の間中、亮子は睡魔と戦い続けた。

電車を降りて、桑折呉服店に向かう。通いなれた道だが、着慣れない振袖を着ていると、なんだか新鮮に感じる。見慣れた電信柱やポストさえ、今日できたばかりの新品なのではないかと思うほどだ。自分が刺繡した帯や着物を身に着けた人も、こんな気持ちになってくれているのだろうか。そうであって欲しいと願いながら、桑折呉服店の暖簾をくぐった。

戸を開けると、その音で顔を上げた始が動きを止めた。ぽかんと口を開けて亮子を見つめている。後ろ手に戸を閉め、帳場の上り口まで進んでも、始は口を閉じない。亮子は見られていることが気恥ずかしくなって俯いた。

「あっ！　成人式おめでとう！」

我に返ったらしく、きりりと眉尻を上げて言う始に、亮子はしおらしく頭を下げた。

「ありがとうございます。ご厚情を感謝しております」

始はくすぐったそうに笑う。

「なんだか他人行儀だなあ。亮子さん、今日は見たことない人みたいなんだから、話し方くらいはいつも通りにしようよ」

「見たことない人？」

首をかしげた亮子にまた見惚れそうになった始は慌てて言う。

「あ、ごめん、悪い意味じゃないんだ。変な言い方して、本当にごめん。いつもと全然違う雰囲気で、すごく大人っぽいねって言うべきだった。振袖、すごく似合ってる」

「ありがとうございます」

褒められて、こそばゆさに照れ笑いを浮かべる。始こそ、なぜかいつもと雰囲気が違うように感じた。真っ直ぐに見つめられて身の置き所がないように思い、視線をさまよわせて、足元に目をやった。

「あの、社長は」

「来客があって、奥にいるよ。待ってる？」

「はい、そうさせてください」

帳場に上がって始が淹れてくれたお茶を飲む。始はそんな亮子の姿も、にこやかに眺めている。本当に今日は始が変だ。そう思ってなにが変なのか考えてみたが、にこやかなのも真っ直ぐに人を見るのもいつものことだ。よくわからなかった。もしかしたら、自分が着慣れない振袖など着ていて、浮わついた気持ちになっているだけなのかもしれなかった。

そう思うと、始に振袖姿を見られるのが、とてつもなく恥ずかしいように感じた。呉服店に和服で出入りするのは普通のことだろうが、自分が客の立場でいるからか距離感が掴めない。

「成人式はどうだった？」

始の声までいつもより優しいようで、くすぐったい。

「眠気がすごくて、大変でした」

「寝坊の多い亮子さんらしいな」

始は楽し気に笑う。自分の言葉のおかげで笑ってもらえたことが嬉しいのだが、その笑顔がまぶしすぎて、つい顔を伏せてしまう。自然と視線は、対座した始の膝の上に置かれた手に行く。大きくて厚みのある、頼りがいのありそうな手をしている。いや、頼りがいがありそうではなく、頼れるのだと知っていると思いつき、それがなんだか嬉しかった。

「亮子さん、もう一度、帯の刺繍を見せてくれないかな」

言われて、亮子は膝を繰って始に背中を向けた。しばらく経っても始は口を開かない。妙な無言の空気に、亮子は振り返った。始はなぜか真っ赤になって俯いていた。

「どうしたんですか」

亮子が小首をかしげると、始はちらりと視線を上げたが、目が合うとまた俯いてしまった。

「いや、ごめん。その、うなじがきれいで……」

今日は和装に合わせて髪を結い上げている。振袖の襟も抜いているので、うなじは丸見えだ。なぜだか、すごく恥ずかしい場所を目撃されたような気分になり、亮子も真っ赤になった。

「あ、でも！　いやらしい目で見てたわけじゃないからね！」

「わかってます……」

慌てて言い訳をした始に、亮子は消え入りそうな声で答えた。

言葉もなく、向かい合い俯いていると、奥の部屋から浩史が客を伴って出てきた。

「あ」

客の顔を見て思わず声が出た。客の方も亮子に目を止めて立ち止まった。不動産会社の社長、井之頭だった。

「やあ、お世話になってます、五百津さん」

今日も紳士的な態度の井之頭に、亮子はどんな顔をしたらいいのかわからず、曖昧に会釈しておく。

「また伺いますので、そのときは、よろしくお願いします」

深々と頭を下げられて、頷いたように見える程度に、ちょっとだけ頭を揺らした。井之頭は土間に下り、浩史と始に丁寧に挨拶してから帰っていった。

「地上げの件ですか」

不安げに尋ねると、浩史が重々しく頷いた。

「五百津さんには不便をかけることになって申し訳ない。取引先を増やせるように、知り合いの呉服店にはできるだけ話を通しておきますよ。なんなら、挨拶に一緒に回ろうか」

出入りの職人にそこまでしてくれるのは、浩史の優しさもあるだろうが、志野や透子が築いてきた信頼のおかげだろう。だが、それに頼り切るのはなにか違う気がして、亮子は微笑み、首を横に振った。

「お気持ちだけ、ありがたく頂戴します」

「今のお客さん、井之頭さんも心配してたよ。土地のこと、もう一度考え直してみてもいいんじゃないかな」

亮子は苦笑した。工房にやってきたときの井之頭の不遜な態度を見たら、浩史でも土地を売ることを躊躇したかもしれないなと思うと、少しおかしかった。

一月は行くという言葉があるとおり、年明けの気分が抜けないまま、時間だけが過ぎ去っていく。桑折呉服店は閉店セールを終えて店を閉めた。創業から百年以上経っていたそうだ。世代を継いで長い付き合いの顧客が挨拶ついでに多数、来店したらしい。閉店セールだというのに在庫を売り出すだけでなく、浩史は亮子の刺繍を何点も買い上げてくれて、新作を仕立てて販売していた。

普段は自分の作品の売り上げなど気にしない亮子だが、無理をして買ってもらったのではないかという思いがあって、そっと見に行ってみた。店頭のガラス張りの展示台に亮子の刺繍が入った反物や帯が並んでいて、店の顔として扱ってもらっているありがたさに、足を向けて眠れないという思いになった。

そうしている間にも、再開発は進んでいる。ぽつりぽつりと空き地が増えたと思ったら、あっという間に工房の周りで建築工事が始まった。建物を潰しては地面を掘り起こし、地固めをしている。あちらからもこちらからも、工事の音が聞こえる中で、亮子はもくもくと刺繍を続けた。浩史が言葉どおり、何軒かの呉服商に紹介してくれたおかげで、かつかつではあるが、生活できていた。縫っても縫っても、縫いたいものはどんどん増える。尽きぬ泉のように刺繍は工房のいたるところに広がっていった。

そんな工房に井之頭が尋ねてきたのは、裏庭の梅の木が咲き始めた頃だった。井之頭は、なぜか和装で、工房に足を踏み入れたとたん、深々と頭を下げた。亮子が驚いてなにごとかと見ていると、井之頭は顔を上げずに言った。

「この家を売って欲しい」

諦めるつもりはないのだろうかと面倒くさく思いながら「売りません」と短く答える。井之頭は顔を上げた。

「この家を潰そうというんじゃないんだ。工房を守りたい」

突然、なにを言い出すのかといぶかしく思いながら、井之頭の方に膝を向けた。井之頭は驚くほど真剣な表情をしていた。着ていた羽織を脱いで裏地を亮子に見せる。亮子が縫った猪の刺繡がそこにはあった。

「君の腕がどれほどのものか知りたかった。透子の刺繡をどこまで継いでいるのか」

井之頭の口から母の名前を聞き、亮子は目を丸くした。

「母を知っているんですか」

「透子は私の恋人だった。透子という名前と刺繡士だということ、そして家紋が五階菱だということしか知らなかったが、私は本気で彼女を愛していた」

予想もしていなかった話に、亮子は驚いて言葉が出ない。井之頭は亮子の顔をじっと見つめた。

「透子は十年前から留守だと言っていたが、本当だろうか」

「ええ。突然、出ていって、それきりです」

「連絡もなく？」

「一度、手紙が来ました。死んだと思ってくれと」

井之頭は苦い表情で唇を噛んだ。

「透子が私の元を去ったときと同じだな」

人と別れるときには必ず手紙を出すのかと思うと、亮子はなにやらおかしくなった。そうすると、沈痛な面持ちの井之頭が不憫で、普段はしないのだが、こちらから話を振ってやった。

「母とはどうやって知り合ったんですか？」

言葉を探しているらしい井之頭が口を開くのを、亮子はじっと待った。

「私は透子の刺繍の腕に惚れたんだ。呉服商の店頭で刺繍を施された帯に一目惚れして、和服も持っていないのに買ってしまった。それから何度も店に通うようになり、納品に来ていた透子と出会ったんだ」

井之頭はまるで透子が目の前にいるかのような優し気な目をしていた。

「彼女は名前以外のことはなにも教えてくれなかった。だが、透子の刺繍を見れば、彼女がどんな女性かはわかると思ったんだよ。気性が激しくて、気まぐれで、それでいて一途に刺繍を愛していた」

亮子は静かに頷く。

「ええ、母はそんな人でした」

「猪の刺繍を頼んだのは、君が透子の跡継ぎとして相応しいのかどうか、見極めたかったからだ。名前も伏せて騙すようなことをして申し訳なかったね」

亮子は黙って小さく首を横に振る。

「君には父親がいるのか？」

亮子はまた黙って首を横に振った。

「もしかしたら、君は私の娘かもしれない。そしてすばらしい腕前で母親の跡を継いでくれているのだとしたら、こんなに嬉しいことはないと思った。一人で生きてきた私に、突然降って湧いた幸福な可能性だ」

亮子は父親のことを知らない。透子は志野にも亮子にもなにも話さなかった。

「君の刺繍には深い愛情を感じる。透子が縫った刺繍以上のものだ。本当に刺繍が好きなんだね」

亮子は真っ直ぐに井之頭の目を見て、深く頷いた。井之頭は満足げに微笑むと、手にした羽織の裏地を慈しむような目で見つめる。

「この刺繡を縫える人を後援したいんだ。家の維持管理も、工房の経営も引き受けたい。君が刺繡だけに打ち込めるように、すべてをサポートしたいんだ」

「それは、あなたが私の父親だと思うからですか？」

「いいや、違う。提案した理由は君の刺繡を失くしたくないと思う気持ちだけだよ。もっと世に知らしめたいし、私自身が、もっともっと君の刺繡を見たいんだ」

亮子は苦笑した。

「もしかして、母にも同じ提案をなさったんですか」

井之頭は不思議そうにしながら頷いた。

「なぜ、わかったのかね」

「母はきっと、その申し入れを断ったでしょう。人から同情されるのが大嫌いな人でしたから」

「同情なんかじゃない。芸術を保護したいと思うのは当たり前のことだろう」

「母には当たり前じゃなかったんでしょう。それに、刺繡は芸術ではありません。生活の一部で、日常なんです。もしそれが廃れるというなら、生活そのものが変わってしまったということ。失くしたくないと言っても、刺繡は変わっていくでしょう。あなたは、それに耐えられるのでしょうか。昔から変わらないものだけを残したいのだとしたら」

当惑したらしい井之頭はなにも言えずに動きを止めた。亮子は言葉を続ける。

「刺繡はシルクロードを渡って伝えられた技術です。最初に日本に伝わったのは縫い仏としてでした。そこから変化をして生活に根付いて、華やかさを衣裳にまとわせるためにも、必要に迫られて布を補強するためにも縫うことがありました。自由なんです、刺繡は。どんなものを縫ってもいいし、どんなに無茶な図案でもいい。ただ、そこに確かな世界があればいいんです」

亮子は井之頭を手招いた。座敷に寄って背伸びするように井之頭は刺繡台に張られた布を見る。

「これは、数式か？」

「そうです。数学の専門家からの注文です。毎年、講義で必ず使うものを刺繡で学生に見せたいと。彼らの眠気を吹き飛ばしたいそうです」

井之頭の頰に無邪気な笑みが現れた。

「なるほど。これは学生に対するメッセージに溢れている。同時に、手書きや印刷にはない、刺繍ならではの温かさがある。きっと眠気が飛ぶだろう」

亮子は予想とは違う柔軟性のある井之頭の答えを意外に思って聞いた。きっと、古典やそれから派生したモダンな紋様でなければ認めないと言うだろうと思っていたのだ。それは自由奔放な透子が井之頭のもとを去ったと聞いたことからの先入観でしかなかったのかもしれない。

透子はよく志野に叱られていた。幼かった亮子にはよくわからなかったが、どうやら縫うものがおかしいと言われていたようなのだった。亮子にはなにがおかしいのかもわからなかった。母が縫うものは皆、面白くて、かわいくて、かっこよかった。亮子が喜べば、絵本の登場人物や架空の動物なども縫ってくれた。母は子どもと遊ぶことなど考えもしない人だったが、亮子は母の刺繍と遊んだ。

「透子の刺繍にもこんな愉快なものがあったのかな。見たかった」

心底から残念と思っているらしい井之頭の表情が、少年のような純粋さと熱情を感じさせて、亮子の心を打った。今まで見ないように押し込め続けていた母の作品を手に取ってもいいような気持ちにさせられた。

「母の刺繍、お見せしましょうか」

井之頭が目を見開いて亮子を見る。

「あるのか！　ぜひ！　ぜひ見せて欲しい」

亮子は立って行って押入れを開けた。押入れの下段には母の作品を多くしまってある。大部分が刺繍をした反物のまま巻かれているが、額装したものも何点かある。亮子が一番に井之頭に見せたいと思ったのが、森の動物たちが仲良く楽器の演奏をしている刺繍だ。亮子が幼稚園に入園した記念に透子が縫ったものだった。人間の子どもが大好きなウサギのキャラクターと、その友だちの動物たちが繰り広げるほんわかした、透子のオリジナルストーリーだ。

亮子が手渡すと、井之頭は大きな額を両手で捧げるように大切に持ち上げた。じっと刺繍に見入り、身動きもしない。ふと見ると、その目が潤んでいた。亮子は目を伏せて立ち上がり、井之頭が好きなだけ眺めていられるようにと押入れまで下がった。ほかにも透子の作品を何点か取り出し、そっと井之頭の側に戻る。亮子が動いている気配にも気づいていない様子で井之頭は透子の刺繍を見つめ続けている。

羨ましいと思った。これほどまでにその刺繍を愛してくれる人がいるということが、妬ましいほどに羨ましい。きっと透子は井之頭と共にいたとき、幸せだったに違いない。自分の刺繍を理解して愛してくれることは、自分を愛してもらうよりもずっと幸せだ。

井之頭は額をそっと置くと、両手で顔を覆ってごしごしと擦った。手を離したときには輝くばかりの笑顔を浮かべていた。

「こっちも見せてもらっていいかな」

「もちろんです、どうぞ」

亮子が取ってきた反物を次々と広げて、一つ一つの作品に長い時間、見入る。とても嬉しそうで、とても懐かしそうで、それでいて大発見をした探検家のような表情にも見える。

ひととおり見終えると、また額から順繰りに見直していく。きっと放っておいたら一日中でも見続けるだろう。井之頭は羽織裏の猪の刺繍をどれくらいの時間、眺めていただろうかとふと思い、透子が井之頭と別れた理由を思った。

「もしかしたら、母はあなたの前から逃げ出したんでしょうか」

井之頭は目を伏せた。聞いたことを後悔しそうになるほど、その表情は哀れを催した。

「逃げ出した、か。そうなんだろう。私があまりにも執着しすぎて重荷だったんだろうな」

亮子はきっぱりと言い切る。

「母はきっと怖かったんだと思います」

井之頭は不思議そうに亮子の方を見る。

「透子には怖いものなどなにもないと思っていたが」

「与えられたものを奪われることが、怖かったんです。あなたに愛され続けるには、あなたが愛した作品より、もっと良いものを縫い続けなければならない。でも、それはとても苦しい日々だったでしょう。次は良いものができるという保証はないんですから」

井之頭は目を見開いた。亮子の言葉に傷ついたようだった。

「私は透子の刺繍に優劣なんか付けやしない。透子の刺繍なら、絶対にどんなものでも愛せる」

「でも、職人はそうじゃないんです。一点、一点、すべての刺繍が最高傑作であるようにと願って縫ってはいます。それでも出来上がったものを同列には評価できません。だから、その価値を正しく評価してくれる人を、いつも求めているのかもしれません」

工房がしんと静かになった。井之頭は呆然と立ち尽くし、亮子はもう言うことはないという姿勢で座っていた。

「全部、私のせいだな。私が透子を独占したがったのが間違いだったのだ。すべての刺繍に執着していたせいで、一つ一つの刺繍の良さを正当に見ることができていなかったんだろう」

「母は幸せだったはずです」

亮子は井之頭の手を見て言った。

「井之頭さんは、昔から深爪だったんですか」

「ああ、いやこれは、透子に言われて爪を短くするたびに、いつの間にかこうなっていたんだ」

「刺繍職人は爪を大切にするものだと、母は言っていました。爪が荒れていると絹糸を扱えないから。私も幼い頃から爪は短くと言われて育ちました。井之頭さんの爪の短さを見て、私はとても嬉しいです。安心して母の作品を手渡せます」

井之頭の瞳が揺れる。

「本当に、そう思うかね？」

「本当です。自信を持って言います」

井之頭はなんども大きく頷きつつ涙をこぼした。それを和服の袖で拭う。亮子は井之頭を見て、くすりと笑った。

「井之頭さんは、舞踊では涙を拭く所作で年齢や立場の違いがあることをご存知ですか？」

「いや、伝統芸能には疎くてね」

亮子は楽しそうに講釈を垂れる。

「手で涙を拭うのは老女。袖から襦袢を引き出して拭うのは既婚者か遊女。袖で拭くのは、恋を知ったばかりの若い女性だそうです」

若い女性の泣き方をしたと知った井之頭は照れたように笑った。

「おじさんは、どうやって拭けばいいのかな」

「さあ、今の話は母からの受け売りで、私はよく知りません。でも、よろしければタオルをお貸しします。まだ母の作品はたくさんありますから。どうぞ、これからいくらでも時間をかけて、ゆっくりご覧ください」

井之頭は不思議そうに首をかしげる。

「時間をかけて？」

「この家を、母の刺繡ともども、よろしくお願いします」

ぱっと井之頭の表情がきらめいた。

「じゃあ、私の援助を受けてもらえるのかね」

亮子は静かに首を横に振った。

「いいえ、私は一人で刺繡を縫い続けます。この家はあなたのために役立ててください。ですが、私のことは放っておいて」

きっぱりと言い切った亮子を、井之頭は苦笑して見つめた。

「まるで透子と話しているようだよ。何度、放っておいてと言われたことか」

亮子はまた、くすりと笑う。

「母も私もわがままで、ごめんなさい」

「なんてことはない。君の言葉は若さゆえだろう。もし、気が変わったら、いつでも言って欲しい。この家を手許に戻したいとか、後援が欲しいとか、その他にも私で力になれそうなことならなんでも……」

「井之頭さん」

亮子は頭を上げて、きっぱりと言う。

「私は、一人でやってみたいんです。誰の助けもなく」

驚いたようで少しの間があったが、すぐに井之頭は破顔した。

「わかった。君は本当に透子の娘なんだなあ。そんなきっぱりしたところが、よく似ている」

亮子はにこりと笑う。

「我が家は代々、こんな感じなんですよ。次の代も、こうなるかもしれません」

次がありそうな亮子の言葉を、井之頭は嬉しそうに聞いている。

「じゃあ、私はこの家でずっと待つよ。透子の帰りと、君の新しい刺繍の世界を」

亮子は両手をついて、ゆっくりと頭を下げた。井之頭はその礼を受けて、厳しい表情になった。

「わがままを言っても、してもいい。けれど、言葉を惜しむことだけは決してしないで欲しい」

井之頭は亮子の目を真っ直ぐに見つめる。

「私は、透子のことを思うあまり、一番大切なことをなにも言えずに会えなくなってしまった。口にしなかった思いはいつまでも心の底に残って自分を責め続ける。君にはそんな経験はしないで欲しい」

亮子の視線が揺れたのを見て、井之頭は優しく尋ねた。

「誰かに、伝えなければならないことがあるんだね」

こっくりと、亮子が子どものように頷く。

「ずっと言えなかったことを抱えたままなんです。でも、今なら言える気がします。あなたが母を思ってくれたおかげで、私もまた素直に母を好きになれます」

井之頭は優しく微笑んだ。

「上手に伝えられることを祈ってるよ」

亮子も笑顔を返し、深く頷いた。

亮子は母の刺繡を何点か選んで壁にかけた。眺めていると、子どものころの記憶が蘇る。いつも工房で刺繡している母の背中を見ていた。こちらを見てくれないという一抹の寂しさはあったが、それ以上に刺繡を楽しんでいる母が羨ましくてしかたなかった。

刺繡とはどれだけ楽しいことなのか知ってみたくて、勝手に針を触り大目玉を食らったこともある。そのときは母が楽しみを一人占めしたくて自分を邪険にしているのだとつまらないことを考えたことを覚えている。志野に教わり針を持ってから数年後、一人で刺繡する許可が下りた。そのときに、幼い自分がどれだけ危ないことをしたのか理解できたが、すでに母は消えた後だった。亮子が覚えた感謝の念は伝えることができぬまま、置いて行かれた悲しみに覆われて見えなくなってしまったのだった。

居間に入ると、志野がじっと亮子を見上げた。

「おばあちゃん、話したいことがあるの」

志野は黙って亮子を見つめるだけだ。

「どうして、お母さんが出ていったとき探そうとしなかったのって、ずっと聞きたかった。けど聞けなかった。おばあちゃんも、お母さんがいなくなって悲しんでるだろうから。でも、おばあちゃんはとっくに気づいてたんだよね、お母さんがいなくなること。

刺繍を見れば、お母さんがどれだけ外に出ていきたがってたか、私でもわかる」

亮子は卓袱台に寄って、定位置に座った。志野の真向かいだ。

「私のために、ずっと我慢してたんだ。振袖を用意してくれてたってことは、きっと成人まではいてくれるつもりだったんだろうけど。二分の一成人式なんていう名前の式に出たから、十歳は、もうしっかりしてるって思っちゃったんだろうね」

亮子は昔を思い出しているかのように視線を遠くに置いた。

「お母さんは私の刺繍が動き出すことを怖がってた。当たり前だよね、誰だって気持ち悪いよ。私が自分の刺繍を本当に愛せるようになって、自分が生み出したものが好き勝手なことをしだす怖さがわかった。これからもなんども布から出ようとする刺繍を縫ってしまうかもしれないって思ったら恐ろしい。その子たちを引き裂かなきゃいけなくなるかもしれないんだから。それでも、刺繍を縫い続けたい。私には刺繍しかやりたいことがないんだって、よくわかった」

亮子は真っ直ぐに志野を見つめた。

「おばあちゃんが、お母さんと喧嘩してでも私に刺繍を教えてくれたこと、本当に感謝してる。ありがとう」

亮子は畳に手をついて頭を下げた。感謝の気持ちが溢れて涙になりそうなのを、ぐっとこらえて顔を上げる。

「もう、私は大丈夫」

はっきりと宣言した亮子を、志野は優しく微笑んで見つめた。

「大人になったんだね、亮子。これであたしも安心して出ていける」

亮子は立ち上がると、卓袱台の向こう側に行き、撞木にかけている、志野の姿を刺繡した布を巻き取った。

工房に移動して刺繡台に布を張る。その布の上、志野の姿は完璧に写し取られている。ただ、左目だけが縫い残してあり、顔の造りが妙なバランスになっている。

糸を縒る。黒糸を四本、濃い茶の糸を二本、縒り合わせる。

真っ直ぐな六本の糸を手のひらの付け根から指先へ向かって擦り上げる。祈るように丁寧に、いたわるように優しく。

縒った糸を二本合わせて、合計十二菅の釜糸で一本の糸にする。先ほどとは逆向きに三回、縒りをかける。出来上がった糸はほんの少し茶色がかった黒。志野の目の色そっくりに仕上がった。まつげと瞳孔を縫うための黒い糸、光を表す白、結膜用の白糸も縒っておく。

白糸で菅目刺し縫いと呼ばれる縫い方をする。布の緯糸と緯糸の間の溝にまず一段縫う。長短をつけて縫い、糸がでこぼこになるようにする。二段目は一段目で縫った短い針目に継ぐようにして一目飛ばしで縫っていく。三段目は二段目で縫わなかった針目を縫う。これを繰り返すことで、整った面を縫える。

まつげを黒糸のまつり縫いで一本、一本縫っていく。カーブを繊細に表現するため、針足は短めに。

角膜、いわゆる黒目の部分は平縫いで表す。まず光彩を茶を混ぜた黒で縫っていく。白い面に垂直に糸を刺す。円の端の方が曲がらないように、中心から縫い始める。糸の縒りを整えながら丁寧に半円を縫い、また中心から始めて残りの半円を縫う。

さらに黒糸で円の中心に瞳孔を重ねて平縫いで縫う。白糸、茶交じりの黒糸、その上に黒糸と三層になっているため、立体感が出て本物の瞳のように見える。

その瞳が、ぱちりと瞬きした。

「もうちょっとだよ、おばあちゃん」

亮子が話しかけると、刺繡は動きを止めた。刺し終わりの芥子縫いを糸目の陰に隠して、布裏へ針を入れ、もう一度表に強く引き出し、布のぎりぎりの部分を鋏で切る。

「はい、出来上がり」

亮子が短く言うと、刺繡が大きなあくびをした。

「あああ、ずっと立たなかったから肩が凝ったよ」

そう言うと志野は起き上がり、布から出てきた。右手で左肩をとんとんと叩く。

「ごめんね、おばあちゃん。長いこと、左目を縫わなくて」

亮子が小声で言うと、志野は顔を顰めてみせたが、すぐに噴きだした。

「なにを謝る必要があるもんか。あたしがうろうろしてるのが見つかったら、死人が生き返ったなんて噂になるじゃないか。縫いかけの形見の刺繍が居間にある。それくらいが平和ってもんだろ」

亮子は笑おうとしたが、うまくいかずにくしゃくしゃと顔が歪んだ。

「そんな顔しなさんな。泣き虫な子どもみたいじゃないか。一人立ちできたんじゃなかったのかい」

志野に言われて、亮子は無理やり笑おうと口を曲げた。それはなんとか笑顔に見える歪みだった。志野は、あやそうとするかのような優しい笑顔を浮かべた。亮子の頬を優しく撫でると、土間へ向かって歩き出す。

裸足のまま土間へ下り、表の戸を開ける。振り返った志野の表情は逆光でよく見えない。

「じゃあ、あたしは行くよ」

そう言うと志野はとりどりの色の糸になって、ふわりと揺れた。外から吹いてきた風に乗り、踊る。ふわふわと舞う糸は春の幻のように美しかった。

一針一針に込めた思慕の情が風に吹き飛ばされて、爽やかな空気が工房に満ちる。祖母は行ってしまった。もうここには亮子しかいない。狭い工房が急に世界に開かれて、広々としたように感じられた。

一人きりで刺繍と向き合うことを恐れ、刺繍の祖母に縋ったのが嘘のように、今の工房の静けさが愛おしかった。

亮子は土間に下り、散り広がった糸を、一本ずつ丁寧に拾った。灰色の糸は祖母の白髪を、紺の糸は祖母の着物を、金の糸は帯留めの色を縫ったのだった。たとえ解けても、それらの糸を縫ったときの気持ちを忘れることはない。

片目の志野を縫い上げたときには、自分のことばかり考えていた。一人きりになった心細さや、頼りない自分の力不足を補ってくれるなにかが欲しいだけだった。だが今、志野の左目を縫い上げたときに願っていたのは、志野が幸せに工房を出ていけるようにということだけだった。

きっとそれは、志野と透子が、刺繍に込めた気持ちと同じなのだろう。志野が亮子に針を持たせてくれたこと、透子が帯地に刺繍を縫ってくれたこと。すべて亮子が工房を一人で出ていけるようにするためのものだったのだ。この場所にこだわって一人で座り続けていたが、亮子がここにいることを誰も望んではいなかった。

歩き出そう。刺繍はどこででもできる。持つ人のために思いを込めた刺繍を縫って、前に進もう。

第五章

桑折呉服店の閉店から一か月。閉店の後処理に追われていた始にも、やっと落ち着ける時間ができた。かと思ったら、新しい仕事に就くために、今度は引っ越し準備で忙しくなった。その合間を縫うように、友人や趣味のスポーツサークルの仲間が送別会を開いてくれて息つく暇もない。今日も送別会に向かうべく、夕暮れ近い道を歩いていた。

そんなところに、亮子から電話がかかってきた。

「もしもし、亮子さん？」

通話ボタンを押して第一声で呼びかけると、電話の向こうから亮子が息を飲む音が聞こえてきた。

「なんで私だってわかったんですか？」

亮子が携帯電話などを持たず、工房にある古いダイヤル式の黒電話を使っていることを思い出し、始はおかしくなって笑いを含んだ声で説明する。

「スマホに亮子さんの電話番号を登録してるから、画面に表示されてるんだよ。驚かせてごめんね」

「いえ、私の方こそ、すみません。私、時代に取り残されてるから」

その言い方がおかしくて、始の頬が緩んだ。亮子はごく真面目に言葉を選んでいるのだろうが、たまに突拍子もない表現を使ったりする。

「お忙しいですか？」

現在まさに忙しいかと聞かれているのか、最近の動向を聞かれているのか判然としない。始はどちらでも通じるような返事を選んだ。

「そうでもないよ。どうしたの？」

「見て欲しいものがあるんです」

亮子からそういって電話がかかってくることは、たまにあった。満足のいく刺繍ができたときに、桑折呉服店が定休日だと、始に電話がかかってきていた。学校を卒業してから休みなく働いているらしい亮子には、休日という概念が消え失せているようだった。始はその姿勢を、亮子が職人としてしか生きられないということをよく示していると感心している。

もしかしたら亮子は刺繍に夢中になるあまり、桑折呉服店の閉店のことも忘れているのではないかと思わなくもない。もう、亮子が腕をふるった刺繍も買い取ることはできない。それでも始は亮子の刺繍を見たいと思った。

「いいよ。工房に行こうか？」

「いえ、私が伺います。今、どちらですか？」

聞かれても、これと言った目印のない住宅街だ。自宅に帰るには少し遠い。迷ったが、ほかに良い選択肢が思い浮かばなかった。

「外にいるんだけど。落ち合うなら、うちの店の前でどうかな」

「はい。今から向かいます」

そう言うと、電話はすぐに切れた。なんだかいつもより、はきはきしていた。よほどの自信作なのだろう、楽しみだ。始は相好を崩し、店の方へ足を向けた。

店は畳んだが、まだ解体作業は始まっておらず、建物は変わらずそこにある。だが、暖簾もかけず、内部も荷物をすべて運び出したためか、妙によそよそしさを感じる。

亮子よりも早く着いて、始は複雑な思いで建物の扉を眺めた。毎日通っていた場所が、今では足を踏み入れることもできない、自分とは無関係なものになろうとしていることが信じられない気持ちだった。

「始さん」

呼ばれて振りかえると、亮子が立っていた。

「あれ、いつ来たの。全然気づかなかった」

亮子は黙って始の隣に立つと、建物を見上げた。黒い瓦屋根が夕日を受けて黒曜石のように輝いている。

「なくなってしまうんですね、この場所も」

ぽつりと呟いた亮子の声が心にしみる。淡々とした中に、いつもは見せない寂しさを感じた。始は亮子に促されたような気がして、空を見上げた。暖かな一日だった。夕焼け空を雲が軽やかに流れていく。春の訪れが感じられる。もうすぐ月も出るだろう。

「始さん、ありがとうございます」

隣を見やると、亮子が真っ直ぐに始を見つめていた。

「ずっと、知らないふりをしていてくれて」

始は思い当たることがあるということを隠そうと、いつもどおりの反応を返した。

「なにが？」

亮子は、くすっと笑って空に視線を戻した。

「私の秘密を人に知られたら、どうなるだろうって、ずっとびくびくしながら生きてきたんです。今までどおりの生活ができなくなるかもしれないって怖くて。でも、始さんは私の刺繍のことを知っても、変わらず接してくれた。それがどれだけ救いになったか。感謝しても、したりないくらいです」

知らぬふりを続けるべきか迷った始は困ったように笑う。なにも言わない始に亮子は微笑みを向けて、持っていたカバンから、手のひら大より少し大きな桐の箱を取り出した。

「これを渡したかったんです」

受け取って蓋を開けると、紫色の袱紗が入っていた。長方形に畳まれた袱紗には、中央よりやや上に蝶の刺繍がある。家紋に使われるような抽象化された蝶ではなく、まるで昆虫図鑑にのりそうな精細さだ。

「これ、飛びそうなのに……」

ついぽろりとこぼした始は、「あっ」と言って慌てて口をつぐんだ。亮子は満面に笑みを浮かべる。

「私、もう隠す必要がなくなったんです」

始は今まで知っていたのに黙っていたことを非難されはしないかと恐れながら尋ねた。

「刺繍が動き出すことがなくなったの？」

亮子は楽し気に首を横に振る。

「今までどおりに縫って放っておいたら、きっとこの蝶も飛んで行ってしまったと思います。糸の命を大切にしてやることで、刺繍を布の上に生かすことができるって知って、縫い方が変わったんです」

「じゃあ、動植物の刺繍もできるんだね。いいなあ、これから亮子さんと仕事をする人は。俺も亮子さんの新作を見たいよ」

「ありがとうございます。そう言っていただけると嬉しいです」

亮子は生真面目な様子で深く頭を下げた。

「でも、しばらくは刺繍はしないと思います」

「え、なんで？」

始は心底から不思議だというような顔をした。亮子は優しく笑いかける。

「住むところを探さないといけないから。刺繍台を据えるようなところに行きつくまでは時間がかかりそう」

亮子は笑顔を崩さない。それが始をひどく不安に、ひどく悲しくさせた。だが、亮子の笑顔は、今まで見たどの時よりも美しかった。魅入られたように、ぼうっとした口調で始は尋ねる。

「亮子さん、工房を離れるの？」

「はい。売ることにしました」

淡々とした亮子の口調に、始はとまどいを隠せない。

「生まれ育った家だし、いろいろと思い入れもあるだろうに」

亮子は静かに頷いた。

「そのいろいろを忘れたり捨てたりするわけじゃないんです。大切に抱えて、一緒に生きていくつもりです」

始は寂し気に微笑む。

「そうか。帰省したら、たまにでも亮子さんに会えると思っていたけど、もう会えないのかな。どこに行くか決まってるの？」

「まだ、なにも。どこにでも、行きたいところに行こうと思っています。ひとところに落ち着かなくてもいいかなって」

「そうなんだ。しばらくあちらこちら旅してみるのもいいかもね。最初に行きたいのはどこ？」

「始さんが行くところ」

ぴたりと始の動きが止まった。亮子は暖かな日差しを思わせる瞳で始を見つめる。

「会いに行ってもいいですか？」

じっと見つめられた始は、亮子から目が離せなくなった。こんなに熱のこもった亮子の視線を見るのは初めてだった。手にした袱紗から蝶が飛び立とうとしているかのように、ふわふわと心もとなくなった。思わずぎゅっと強く摑む。

「五時間はかかるよ」

「どれだけ時間がかかってもいいんです。どんなに遠くても、会いたい人に会うためなら」

始はしばらく黙って、ただ亮子を見つめていた。

「注文したいものがあるんだ」

亮子の表情が、仕事の話をするときの凜としたものに変わる。

「なんでしょう」

「この蝶をもう一匹、袱紗に縫ってくれないかな。俺も会いたい人がいるから。その人とまた会えるように」

頷いた亮子は頼もしい職人の顔をしていた。これからどんな刺繡を見ることができるだろうか。次の注文をいつにするかどんな図案を頼もうかと、始は楽しみで仕方なく、そっと微笑んだ。

あとがき

五百津刺繍工房へようこそ。

この日本刺繍工房。ほんの小さな看板しか掲げていないのに、お目に留めていただいてありがとうございます。


ちょっと田舎の町にあるこの工房は、代々、女性の刺繍士が引き継いできました。

今の工房主は弱冠二十歳の女性です。

まだまだ先達の技には遠いかもしれませんが、できうる限りの腕を鳴らすべく、毎日、糸を縫っています。


ときに人は、特別な力が欲しいと思うこともあるかもしれません。

ですが、『特別』が自分に優しいものばかりとは限りません。

誰より輝きたかっただけなのに、辛くて苦しい、身に沿う悲しみを伴う『特別』を持ってしまうことがあるかもしれません。

そんなときに、この物語が悲しみからなにかを掬い上げる力になれば幸いです。

前を向いてとは言えないときも、そっと風は吹いてくる。
そんな季節が巡ってきますように。

二〇二〇年七月　溝口智子

この物語はフィクションです。
実在の人物、団体等とは一切関係がありません。
本作は、書き下ろしです。

溝口智子先生へのファンレターの宛先

〒101-0003　東京都千代田区一ツ橋2-6-3　一ツ橋ビル2F
マイナビ出版　ファン文庫編集部
「溝口智子先生」係

五百津(いおつ)刺繍工房の日常

2020年7月20日　初版第1刷発行

著　者　　溝口智子
発行者　　滝口直樹
編　集　　山田香織（株式会社マイナビ出版）
発行所　　株式会社マイナビ出版
〒101-0003　東京都千代田区一ツ橋2丁目6番3号　一ツ橋ビル2F
TEL　0480-38-6872（注文専用ダイヤル）
TEL　03-3556-2731（販売部）
TEL　03-3556-2735（編集部）
URL　https://book.mynavi.jp/

イラスト　　海島千本
装　幀　　原智奈＋ベイブリッジ・スタジオ
フォーマット　　ベイブリッジ・スタジオ
ＤＴＰ　　富宗治
校　正　　株式会社鷗来堂
印刷・製本　　中央精版印刷株式会社

 ISBN978-4-8399-7147-2
Printed in Japan

万国菓子舗　お気に召すまま
満ちていく月と丸い丸いバウムクーヘン

著者／溝口智子
イラスト／げみ

形あるものはいつか壊れるが、
人の気持ちは変わりゆく

ふとした拍子に、美奈子が気に入っていたという木型を
壊してしまう久美。荘介は「大丈夫ですよ」とは言うけれど、
久美は落ち込んでしまい…。

Fan
ファン文庫

万国菓子舗　お気に召すまま

秘めた真珠と闇を照らす光の砂糖菓子

著者／溝口智子
イラスト／げみ

レシピノートの最後が埋まったとき、
二人がたどりつく答えとは——？

ある日、藤峰から動物園のダブルデートに誘われてしまった久美。恋愛とは縁遠い生活を送っている久美だが、真っ直ぐな好意をぶつけられたせいで、気持ちに変化が…。

Fan
ファン文庫

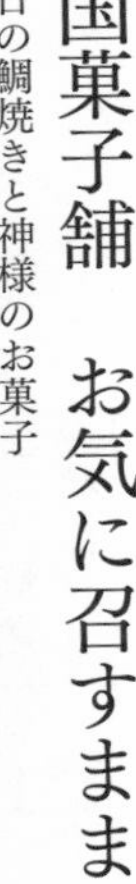

万国菓子舗　お気に召すまま

幼き日の鯛焼きと神様のお菓子

著者／溝口智子
イラスト／げみ

当店では、思い出の味も再現します。
大人気の菓子店シリーズ第７弾！

ぶらりと立ち寄った蚤の市で高額な一丁焼きの鯛焼き器を手に入れた荘介。それを知った久美から「経費節減！」と叱られる。しかしその金型には、思い出がたくさん詰まっていた。

Fan
ファン文庫

屋上屋台しのぶ亭
秘密という名のスパイスを添えて

著者／神凪唐州
イラスト／鴉羽凛燈

誰の心にも知られたくない秘密がある――
屋台にやってくる客たちが織りなす人情物語

愛知県の錦二丁目にある一軒の古ぼけたビルの屋上にある屋台『しのぶ亭』。看板もメニューもなく、店主はフクロウの覆面を被っている謎だらけの屋台にやってくるお客もクセのある人ばかり…！